Bruny Fritz

Auf der Suche nach den Schmetterlingen

Für Sabrina und Carina

Bibliografische Information der Deutschen Nationalbibliothek. Die Deutsche Nationalbibliothek verzeichnet diese Publikation in der Deutschen Nationalbibliografie, detaillierte bibliografische Daten sind in Internet über http.//dnb.dnb.de abrufbar.

Herstellung und Verlag

BoD-Books on Demand, Norderstedt

Titelbild SHOTSHOP.COM

ISBN:9783748184423

Inhalt

Alles weiß

Sechs Wochen nach der Beerdigung von Richard begann Elsa, in der Wohnung umherzugehen und gelbe Post-its zu verteilen. Der Herr vom Umzugsunternehmen verzog keine Miene, als er erfuhr, dass jeder Gegenstand, der mit einem gelben Post-it versehen war, in Richards Arbeitszimmer zu verbringen sei. Die Möbel des Zimmers, allesamt aus schwerer Eiche, hatte schon ein alter Freund abholen lassen. Nun wurden die Gegenstände von den Umzugskräften hineingeräumt, welche eine sechzigjährige Sammelleidenschaft dokumentierten. Dazu gehörten neben siebzehn Fotoapparaten aus sämtlichen Jahrzehnten des zwanzigsten Jahrhunderts zweiundzwanzig Musikinstrumente - wovon Richard nicht ein einziges hatte spielen können –, fünfzehn Telefone sowie ein Münzfernsprecher. Ferner insgesamt einunddreißig Radios, Tonband- und Schallplattengeräte. Die sieben Bronzefiguren, die aussahen, als seien sie Arno Brekers Werkstatt entsprungen, und zahlreiche Gefäße aus schwerem Silber sowie zwei Landschaftsbilder der Düsseldorfer Schule machten den Raum schließlich derart voll, dass Elsa Mühe hatte, die Flügeltür zu schließen.

Am nächsten Tag klebte Elsa gelbe Post-its auf die Möbel, an denen ihr Herz hing. Es waren zwei Cocktailsessel, die sie nach dem Tod ihrer Eltern übernommen und mit einem Stoff hatte überziehen lassen, der auf hellgrünem Grund Maiglöckchen zeigte, ein Sideboard aus Nussbaum sowie einen Esstisch aus Nussbaum mit schräg montierten, konischen Tischbeinen und vier dazugehörigen Stühlen.

Sie machte Liegeproben in zahlreichen Bettenhäusern und

dachte über die Einrichtung eines begehbaren Kleiderschranks nach. Für den Wohnraum bräuchte sie ein gemütliches Sofa und schlichte Regale. Lampen mochte sie im skandinavischen Stil, am liebsten in Weiß.

Sie dürstete nach Weiß und nach Helligkeit; wegen dieser Tatsache mussten schon die Tüllgardinen samt Kölner Brettern weichen. Eine Freundin hatte ihr eine gebrauchte weiße Küchenzeile geschenkt; so konnte sie sich erleichtert von der Eichenküche mit bleiverglasten Scheiben trennen. Das vor wenigen Jahren renovierte Bad war schon weiß; der einzige Ort, an dem Richard Weiß hatte ertragen können.

Sie ließ die aussortierten Möbel abholen. Einen Tag später begann der Bodenverleger, mattweiß lasierte Landhausdielen zu verlegen.

In dieser Zeit des Umbruchs, deren eindeutiges Dokument das Matratzenlager war, auf dem Elsa nächtigte, standen plötzlich ihre Söhne Thomas und Lukas unangemeldet vor der Tür. Mit einem knappen Gruß eilten sie an ihr vorbei. Aus dem Wohnzimmer hörte sie ein empörtes „Mutter, was hast du bloß gemacht?". Wegen des leer geräumten Zimmers hallte die Empörung im Zimmer nach, und Elsa spürte die negative Energie ihrer Söhne noch, als sie langsam ins Zimmer geschlendert kam und sich mit verschränkten Armen an die frisch getünchte Wand lehnte.

„Hätte ich euch vorher Bescheid sagen sollen?"

„Ich habe gestern die Hausmeisterin getroffen. Sie hat mir von diesen Umbauarbeiten erzählt. Mein Gott, es ist so dermaßen pietätlos Vater gegenüber!"

Thomas konnte seine Wut kaum mehr im Zaum halten. Sein Gesicht verfärbte sich. Wie ähnlich Thomas in seinem Zorn doch seinem Vater ist, dachte Elsa, ohne die Wut ihres Sohnes an sich heranzulassen.

„Vielleicht hätten Thomas und ich noch ein Erinnerungsstück von Vater haben wollen", maulte Lukas, der jüngere Sohn.

„Bitte schön!" Elsa schloss die Tür des Arbeitszimmers auf.

„Ihr habt noch eine Woche Zeit. Nächsten Sonnabend veranstalte ich hier einen Hauströdelmarkt."

Thomas schaute sie schockiert an. Lukas ging seufzend durch die engen Reihen des Arbeitszimmers, um sich die Früchte eines langen Sammlerlebens anzuschauen. Dann entschied er, sich eine Hasselblad mitzunehmen, wogegen Thomas zögernd nach einer Bronzefigur griff.

Bevor sie sich verabschiedeten, tranken die Brüder mit Elsa noch einen Kaffee. Beide bemühten sich, die angespannte Stimmung ein wenig aufzulockern; erzählten Anekdoten aus ihrem Arbeitsleben, doch die Ratlosigkeit und der Vorwurf in ihren Gesichtern ließ sie erahnen, dass Thomas und Lukas bei ihr - zumindest zum jetzigen Zeitpunkt - keine Veränderungen ertrugen.

Elsa hatte viel über ihr vergangenes Leben nachgedacht. Über die Tatsache, dass sie während der letzten zehn Ehejahre ständig überlegt hatte, Richard zu verlassen, und es dann doch nicht getan hatte. Auch dann noch hatte sie am vertrauten Schrecklichen geklebt, als sie ihre Söhne nicht mehr als Grund dafür benennen konnte, warum sie der Lieblosigkeit ihres Ehealltages nicht entflohen war. Lediglich die letzten zwei Jahre, als es für Richard wegen seiner Erkrankung immer schwieriger geworden war, das Haus zu verlassen, hatte es für sie Lichtblicke gegeben. Richard hatte sie als Schachpartnerin akzeptiert. So wenig Elsa vermochte, um ihren Ehemann zu trauern, so sehr trauerte sie um ihren Schachpartner, mit dem sie sich wenigstens beim Spiel auf Augenhöhe befunden hatte.

Sie hatte nie Spiele gemocht, die vom Würfel oder vom Zufall der ausgeteilten Karten abhängig gewesen waren. Sie liebte es, zu taktieren, ihre nachfolgenden Züge und die möglichen Züge ihres Mannes möglichst weit voraus im Blickfeld zu haben, Konzentration sowie Urteilsvermögen zu trainieren und ihre Emotionen beherrschen zu lernen. In den zwei Jahren, in denen sie Richards Schachpartnerin gewesen war, hatte sie ihn fünf Mal schachmatt gesetzt. Richard hatte ihre Siege niemals sofort kommentiert, sondern war mit seinem Rollstuhl wortlos ins Arbeitszimmer gerollt. Am nächsten Tag dann seine Frage, sie hatte sie eher wie eine Aufforderung wahrgenommen, er verstand sie sicher wie eine Auszeichnung: „Wollen wir zusammen meine Fehler analysieren?"

Nach dem erfolgreichen Hauströdelmarkt hatte Elsa begonnen, die Schutzfolie von den neuen Dielen zu reißen. Sie lag jetzt zusammengeballt wie eine Kugel im Flur und wartete darauf, in der gelben Tonne zu verschwinden. Elsa öffnete die Korridortür und trat vor Schreck einen Schritt zurück. „Ups", sagte das Wesen, das im Hausflur vor ihr stand, es hatte den Arm noch erhoben, um gerade die Klingel zu betätigen, und schien auch ein wenig erschrocken ob der Tatsache, dass es nun vor der Schutzfolienkugel stand, die den direkten Aufprall mit Elsa verhindert hatte. Das Wesen sah aus wie von einem anderen Stern und lächelte sie an. Die Augen grün, tief liegend, irgendwie geheimnisvoll. Frohsinn signalisierten dafür die struppigen Haare, rot wie von Pumuckl. Der rundgeschnittene Pony ließ dem zarten sommersprossigen Gesicht viel Freiraum; ohne ihre bunt tätowierten Arme und Beine hätte sie die Ausstrahlung eines scheuen Rehs gehabt. So aber verliehen die Tattoos der jungen Frau eine gewisse Aggressivität. Die zierliche Figur steckte in einem schwarzen Jumpsuit mit kurzen Beinen, an den Füßen trug sie schwarze Birkenstockschlappen mit roter Sohle.

„'tschuldigung, ich bin Charlotte zu Plessnitz."

Elsa holte erst einmal tief Luft und legte die Folienkugel erneut auf dem Dielenboden ab.

„Künstlername?", fragte sie streng.

Das Mädchen lachte. „Nein, kein Künstlername, um genau zu sein, heiße ich Charlotte Freiin zu Plessnitz."

„Ach, du meine Güte! Ich hoffe, Sie erwarten jetzt keinen Knicks von mir. Was verschafft mir die Ehre?"

„Ich hörte, Sie haben ein Zimmer zu vermieten."

„Du liebe Zeit, nein! Wer hat Ihnen denn das erzählt?"

„Eine Frau, die vor dem Haus gekehrt hat. Die meinte, dass Sie zu viele Zimmer für sich alleine hätten."

Elsa spürte in sich einen Vulkan. Diese blöde Kuh von

Hausmeisterin … Doch warum sollte sie das Mädchen mit ihrem Ärger behelligen … die hatte doch nur gefragt.

„Tut mir leid, das ist absurd. Nur weil ich jetzt Witwe geworden bin, muss ich nicht zwangsläufig untervermieten."

„Nein, natürlich nicht. Tja … dann bitte ich mein Auftauchen hier zu entschuldigen. Hochparterre wäre auch zu schön gewesen …"

Die junge Frau zeigte auf die Folienkugel und bot an, sie mit nach unten zu nehmen und zu entsorgen. Da fiel ihr Blick auf ein kleines Tischchen, das in Elsas Diele stand. Darauf ein Schachbrett mit Figuren: Würfel, Zylinder, Kugel.

„Oh, Sie spielen Schach", sagte sie und machte einen langen Hals, um die Schachfiguren besser sehen zu können.

„Na, treten Sie schon ein, das sind besondere Figuren", antwortete Elsa nicht ohne Stolz.

„Wer hat sich die denn ausgedacht?"

„Josef Hartung, 1923 am Bauhaus in Weimar."

„Sie scheinen aber nicht mehr den kompletten Satz zu haben …" Das Mädchen trat näher an den Spieltisch heran.

Elsa stellte sich neben sie. „Selbstverständlich existieren noch sämtliche Spielfiguren. Mein Mann hatte sich vor seinem Tod mit einer berühmten Partie beschäftigt und die Figuren dementsprechend aufs Feld gestellt. Wir selbst haben nur mit den üblichen Turnierfiguren gespielt."

Die junge Besucherin betrachtete konzentriert die verbliebenen Spielfiguren. Dann schaute sie Elsa begeistert an und rief: „Hey, ich hab es! Das ist die Partie Carlsen gegen Karjakin, 2016 in New York. Nach zwei Remis kommt es zur Entscheidung. Karjakin nimmt das Bauernopfer auf e4, und ab da sieht Carlsen seine Chance. Er tauscht die Läufer aus und erobert dann ein wichtiges Feld für seine schwarze Dame im Zentrum des Bretts. Karjakin gibt auf."

Nein, so etwas, dachte Elsa verblüfft und sprach eine spontane Einladung aus, was ansonsten überhaupt nicht ihre Art war.

„Freiin, besäßen Sie die Freundlichkeit und würden mir bei meiner Teestunde Gesellschaft leisten?"

„Wer mich so formvollendet fragt, dessen Einladung nehme ich gerne an. Nennen Sie mich doch bitte Charlotte."

„Ich bin Elsa, und ich hätte gleich einmal eine Frage: Warum ist es so erstrebenswert für Sie, im Hochparterre zu wohnen?"

Charlotte folgte Elsa in die Küche.

„Ich studiere an der Musikhochschule Harfe und Gesang. Eine Harfe in den 4. Stock zu schleppen – und ich wohne augenblicklich im vierten Stock -, ist echt heftig."

„Ach", sagte Elsa kopfschüttelnd und dann „ach, wie interessant." Sie schaute Charlotte versonnen an, und während sie den Tee und das Geschirr auf ein Tablett stellte und Charlotte zum Esstisch ins Wohnzimmer führte, meinte sie: „Sie sind ja quasi ein Gesamtpaket."

Charlotte stutzte kurz, dann folgerte sie: „Das hört sich ja an, als wollten Sie mich vermarkten."

„Nicht doch, obwohl ... ich könnte es. Ich habe im Marketing gearbeitet. Sie haben gerade aufgedeckt, dass ich die Welt immer noch unter Marketingaspekten sehe."

Beide nahmen am Tisch Platz, tranken Tee und sprachen über Gott und die Welt, über Charlottes Musikstudium und Elsas Kammerchor, dem sie seit zwanzig Jahren angehörte. Irgendwann begann Elsa, die weißen Rosen, die in einer Kugelvase auf dem Tisch standen, zu richten.

„Alles so weiß hier", sagte Charlotte und schaute dabei Elsa an, die einen weißen Overall trug.

„Jaja, ich bin weißsüchtig ... ein Tick von mir ...", begann Elsa. „Mein Mann war nicht nur von Gestalt ein barocker Mensch. Er liebte die Farbigkeit ... deswegen jetzt nach seinem Tod ... ach, was erzähle ich Ihnen da. Sie lieben es ja ebenso bunt ..."

Elsa verließ den Tisch und öffnete die Flügeltür zum angrenzenden Zimmer. Die grün-goldene Barocktapete sprang ihnen regelrecht entgegen.

„Krass, ein absoluter Gegensatz zu dem Rest der Wohnung!"

Charlotte hielt es nicht auf ihrem Sitz. Sie lief in den leeren Raum und stellte sich mit ausgebreiteten Armen vor die Tapete.

„Ach, liebe Elsa, ich hätte eine Bitte: Dürfte ich einmal mit meiner Harfe kommen und Sie machten ein Foto von uns vor dieser Tapete?"

Elsa ließ sich von Charlottes Begeisterung anstecken.

„Ja, natürlich dürfen Sie das. Wann wollen Sie denn? ... Geben Sie mir einmal Ihr Handy; ich mach schon einmal ein Foto von Ihnen ohne Ihre Harfe.“

„Es ist übelst geil“, sagte Charlotte, als sie das Foto sah.

„Tja, so sagt man das wohl“, sinnierte Elsa, und beide Frauen begannen zu kichern. Dann wurde Elsa nachdenklich.

„Ich könnte Ihnen vielleicht etwas anbieten, doch es ist zu früh, wir kennen uns doch gar nicht“, bemerkte sie und schaute Charlotte direkt in ihre grünen Augen.

„Dieses Zimmer sucht noch seine Verwendung. Hier hätten Sie Farbe, Charlotte. Ich habe aber nur ein Bad.“

„Ein schwerwiegendes Argument“, meinte Charlotte. „Jedoch könnte ein wöchentliches Treffen zum Schachspiel einen Ausgleich für dieses Manko schaffen.“

Elsa holte Stift und Papier und setzte sich an den Esstisch.

Ihre Hände zitterten. „Ich bin sehr aufgeregt“, sagte sie entschuldigend. „Helfen Sie mir ein wenig. Wir sollten alles aufschreiben und unterschreiben.“

„Ist das jetzt Ihr Ernst? Warum auf einmal, Elsa?“

„Ich weiß es auch nicht, ehrlich gesagt.“

Sie stand hilflos vor diesem bunten Wesen und verstand sich selbst nicht mehr.

„Elsa, ich würde gerne Ihr Angebot annehmen, doch ich fände es besser, wenn wir beide eine Nacht darüber schlafen würden und wir uns morgen erneut treffen könnten. Wir müssen doch nichts überstürzen.“

„So machen wir das“, antwortete Elsa. „Bringen Sie Ihre

Harfe mit und schauen Sie, ob es ihr hier gefallen könnte."

Die beiden Frauen verabschiedeten sich mit einer kurzen Umarmung, Charlotte schnappte sich die Folienkugel und verschwand mit einem Lächeln nach draußen.

Elsa setzte sich an ihren Tisch und dachte nach. „Ach", sagte sie und nach einer Weile wieder „ach" mit einem tiefen Seufzer. Ihr Blick richtete sich nach innen, und sie spürte eine Sehnsucht, sich nochmals einzulassen und vom Leben mitgerissen zu werden.

Beinahe eine Milonga

Als ob ein Kleid so etwas wie Vorfreude spüren könnte, wippte Roses Glockenrock keck auf und ab, während sie die Treppe hinuntereilte, mit Elan die schwere Eingangstür öffnete und die Straße überquerte. Auf der anderen Straßenseite trat Egon aus dem Café Fleur auf den Bürgersteig, um mit einer Handkurbel die rot-weiß gestreifte Markise herunterzulassen. Als er sie sah, unterbrach der alte Kellner seine Arbeit.

„Oh, Mademoiselle, wie hübsch sie wieder aussehen!"

Rose drehte sich, und der Saum des petrolblauen Kleides schwang um ihre nackten Beine.

„Danke, Egon, was gefällt Ihnen denn besonders an meinem Outfit?"

„Outfit, Outfit, was ist das für ein Wort!"

Egon tat so, als ob er sich die Ohren zuhalten müsse. Dann schaute er Rose nachdenklich an und trat näher.

„Meine Mutter trug an Sonntagen auch so ein Kleid. Es war bordeauxrot, hatte oben ebenso eine Raffung wie Ihr Kleid, die Taille war genauso schmal und dann dieser Glockenrock ...!"

Rose kam an zwei Samstagnachmittagen im Monat ins Café; immer dann, wenn sie dienstfrei hatte.

Während ihrer Dienstwoche hatte Roses Einsamkeit ein eher freundliches Gesicht. Sie war dann froh, dass keiner auf sie wartete, der irgendwelche Ansprüche stellte. Umso schmerzlicher erlebte sie ihre freien Wochenenden. Im ersten Jahr hatte sie viel Zeit damit verbracht, die neue Stadt zu erkunden. Als Norddeutsche war sie begeistert von dem mediterranen Flair ihrer Umgebung. Anfangs besuchte sie die Straußenwirtschaften, die sie in vielen Höfen vorfand, berauschte sich an Wein und der Pracht der Oleander, die in riesigen Tontöpfen an den sonst grauen Mauern standen. Irgendwann wurde ihr jedoch die Heiterkeit, die von den anderen Tischen zu ihr herüberschwappte, unerträglich, ließ sie ihre Einsamkeit viel stärker als gewöhnlich spüren, und so entdeckte sie als Alternative die angenehme Atmosphäre im Café Fleur. Marie-Claire, die Inhaberin, versuchte mit Kuchen und der ihr eigenen Liebenswürdigkeit, den Deutschen die französische Lebensart näherzubringen.

An den Samstagen kamen die „Meister des schleppenden Klaviers". Rose nannte die Musikstudenten so, weil sie Satie herausfordernd verzögert spielten. Marie-Claire fand Satie passe perfekt zu ihren Gästen. Er sei schließlich der Erfinder der Hintergrundmusik, man könne sich dabei unterhalten, arbeiten oder lesen und fühle sich nicht gestört. Rose dagegen hätte sich manchmal einen Tango oder Bossa nova gewünscht, weil diese Musik besser dazu geeignet gewesen wäre, ihre Melancholie zu vertreiben.

Wie immer bestellte sie sich ihren Café au Lait und ein Stück von der Schokotarte. Dann ließ sie ihre Blicke schweifen. An dem Vierertisch in der Ecke saßen zwei junge Paare, die sich sehr viel zu erzählen hatten. Daneben die drei älteren Damen, die sich hier regelmäßig zum Rommé trafen. Am Fenster dann ein Mann mit einem altmodischen, hochgezwirbelten Schnäuzer, der vollkommen versunken an seinem Laptop arbeitete, und neben ihr zwei kichernde Frauen, die sich gegenseitig auf dem Smartphone Fotos zeigten. Die drei übrigen Tische warteten noch auf Gäste. Diejenigen, für die eine Zigarette immer noch zum Kaffee dazugehörte, saßen draußen an den Bistrotischen.

Rose hatte seit Schulzeiten eine Brieffreundin in Aix-en-Provence. Die Zeit im Fleur nutzte sie, um Céline – ebenso Ärztin wie sie - von ihrem Leben zu berichten. Meistens fügte sie ihren handgeschriebenen Briefen eine kleine Zeichnung bei; sie konnte mit wenigen Strichen Menschen, die sie besonders beachtenswert fand, porträtieren. Gerade hatte Hagestolz das Café betreten und sich sofort in seine Zeitung vertieft. Den würde sie jetzt zeichnen. Sie kannte seinen richtigen Namen nicht; Egon hatte ihr erzählt, dass er Notar und eingefleischter Junggeselle sei. Seine Anzüge waren aus bestem Tuch, die Hemden blütenweiß und die Budapester stets blank gewienert. Am kleinen Finger der rechten Hand trug er einen Siegelring, und sein Scheitel war wie mit dem Beil gezogen. Dann diese arrogante Aura um ihn herum …! Céline sollte ihn nun per Zeichnung kennenlernen. Zum Glück hatte Egon ihm gerade seinen Kuchen gebracht, sodass die Zeitung sein Gesicht nicht mehr verdeckte.

Es fehlten nur noch wenige Striche an dem Porträt, als ein junger Mann mit dunkler Löwenmähne das Café betrat. Mit beiden Händen hielt er einen unförmigen Koffer und schaute sich suchend um. Marie-Claire trat mit einem vollen Tablett aus der Küche und stieß einen Schrei aus. Sie stellte das Tablett auf die Theke und fiel dem neuen Gast um den Hals.

„Mon dieu, Stéphane", schrie sie und küsste ihn erst einmal ab. Die Gäste erfuhren anschließend, dass Stéphane ihr Neffe war, der am Abend vorher in der Nähe ein Konzert gegeben hatte, um dann an seinem spielfreien Tag einen Überraschungsbesuch bei seiner Tante zu machen. Marie-Claire bugsierte ihren Neffen an ein Tischchen. Dann schleppte sie allerlei Speisen und Getränke aus der Küche an, damit der arme Junge sich stärken konnte.

Rose nahm einen Schluck vom Pastis, den ihr Egon mit der kurzen Bemerkung „vom Haus" serviert hatte. Hagestolz schaute in ihre Richtung, hob sein Champagnerglas und rief ein wenig zu laut „zum Wohl". Sie nickte freundlich zurück und überlegte, ob das unschuldige Opfer ihrer Zeichenlust den Pastis an ihren Tisch geschickt hatte.

Mittlerweile hatte sich Stéphane gestärkt, und seine Tante klopfte mit dem Löffel an eine Tasse, um eine Mitteilung zu machen. Sie zwinkerte Rose kurz zu und begann: „Sicher zur Freude einer einzelnen Dame, wird heute, ja wirklich nur heute unser Musikprogramm geändert. Es passiert ja schließlich nicht alle Tage, dass mich mein lieber Neffe Stéphane, der mit seinem Tango-Programm in Deutschland auftritt, besucht. Liebenswürdigerweise hat er sich bereit erklärt, Ihnen ein paar Kostproben seines Könnens zu geben."

Stéphane hob aus dem unförmigen Koffer ein Akkordeon, so sanft und vorsichtig, als hebe er ein Baby aus der Wiege.

Der studentische Klavierspieler bekam von Marie-Claire einen Schein zugesteckt und war quasi beurlaubt.

Stéphane stand ganz hinten am Eingang zur Küche. Er begann leise und bewegte sich im Takt seines Spiels in die Mitte des Raumes. Rose war entzückt. „El Choclo", flüsterte sie den Namen des Stückes. Stéphanes Spiel wurde kraftvoller und lockte auch die Gäste von draußen herein. Als die ersten Töne von Carlos Gardels Volver erklangen, suchte der Mann mit dem Schnäuzer, der die ganze Zeit vorher nur seinen Laptop angeschaut hatte, den Blickkontakt zu ihr. Rose erschauerte. Es war eine Aufforderung. Seine Augen hatten sie aufgefordert, ihm zu folgen. Als ob es das Selbstverständlichste der Welt wäre, stand Rose auf und ging dem Mann entgegen. Sie hörte die Musik und sah den Mann; sonst niemanden. Der Fremde verbeugte sich kurz vor ihr, und ab diesem Zeitpunkt war ihre Kommunikation nur Tango, sonst nichts. Rose ließ sich vollkommen auf ihn ein. Im Tango Argentino sollte eine Frau vergessen, dass sie ein wollendes Wesen ist. Seine Führung war klar und unmissverständlich. Am Ende ihres ersten Tanzes applaudierten die Gäste, Rose aber dachte die ganze Zeit, ich träume doch grad, oder? Dann folgte La Cumparsita. Zwischen Rose und dem Fremden entstand vollkommener Gleichklang. Die Zuschauer verfolgten fast atemlos, wie die beiden sich traumwandlerisch an den Tischen vorbeibewegten. Corazon an Corazon. Herz an Herz. Plötzlich spürte Rose, wie ihr Tanzpartner ins Stocken geriet, wie er aus dem Takt kam. Hatte sie etwas falsch gemacht? Doch er gewann schnell seine Souveränität zurück, führte sie dann aber am Ende des Stückes zu ihrem Platz.

„Kommen Sie zur nächsten Milonga", flüsterte er ihr zu.

Bei Stéphane entschuldigte er sich in einem fabelhaften Französisch, dass er ihm nicht die Show habe stehlen wollen. Sein Spiel habe ihn als Tangotänzer einfach überwältigt. Er bezahlte bei Marie-Claire, schnappte sich seinen Laptop und eilte nach draußen. Dort sah Rose eine junge Frau mit einem Zwillingswagen stehen. Ihr Tangotänzer umarmte die Frau und beugte sich in den Kinderwagen hinein.

Rose saß wie betäubt an ihrem Tisch. Sie mochte ihre Blicke nicht schweifen lassen, sie wollte nicht in die Gesichter der Gäste schauen, keine Fantasien entwickeln, was man über sie denken könnte. Sie wollte das Erlebte nachempfinden; doch dazu brauchte sie Abgeschiedenheit. Jetzt aber fluchtartig das Café zu verlassen, wäre sicher ein Fehler; sie müsste zumindest das kleine Konzert von Stéphane abwarten. Hagestolz stand mit Egon an der Theke, beide schauten zu ihr herüber. Rose faltete den Brief an Céline und steckte ihn in einen Umschlag. Sie hörte, wie Stéphane sich mit einem letzten Stück verabschiedete. Rose musste sich beherrschen, um ihre Tränen zurückzuhalten. Sie war so glücklich, wie schon lange nicht mehr. Ein Mensch hatte erkannt, was sie begehrte. Mit einer Selbstverständlichkeit, wie es sich heute kaum ein Mann noch traute, hatte er seine männliche Rolle angenommen und mit Sinnlichkeit gefüllt; sie durfte ganz Weib sein, mit allem Respekt, den sie hatte spüren können. Ach, könnte sie doch den Zauber dieser vergangenen Minuten einfangen! Heute noch wollte sie herausfinden, wo es in der Stadt eine Milonga gab. Jetzt bin ich angekommen, dachte sie. Etwas Neues hat begonnen. Ich lebe! Sie winkte Egon heran, um zu bezahlen.

Das Statement

Praut fühlte zum ersten Mal so etwas wie Beschwingtheit, als er mit leicht federnden Schritten die Stufen zum ersten Stock hinauflief. Es war Zeit für einen Test. Sie würde es eventuell als Provokation verstehen, doch er hatte sich lange genug um diese Challenge herumgedrückt.

Die Tür mit den schwarzen Ziffern 133 starrte ihn an. Er blickte auf seine Uhr. Ein paar Minuten habe ich noch, dachte er und suchte nach den Toiletten. In der Herrentoilette gab es keinen Spiegel. Er huschte nach nebenan. Ein Hauch von Parfum lag in der Luft, war da jemand? Nein, er hatte die Damentoilette für sich allein. Er durfte sein Spiegelbild genießen. Es überwältigte ihn jedes Mal aufs Neue. Wie schön ich aussehe, jetzt, wo ich mich nicht mehr verstellen muss, dachte er und spürte, wie ihm die Tränen kamen. Nein, nicht rührselig werden, das sind die verdammten Hormone! Der Kajalstift war noch nicht verlaufen, der Lippenstift ließ seine vollen Lippen rot leuchten, und seine schwarzen schulterlangen Haare glänzten wundervoll. Sein sportlicher, schwarzer Anzug, unisex, das weiße T-Shirt mit rundem Ausschnitt, dazu seine gebräunten Füße in den weißen hippen Turnschuhen – er musste sich nicht verstecken. Bald würde aus diesem androgynen Wesen, das er im Spiegel sah, eine Vollblutfrau werden. Er griff in seine Schultertasche, holte eine kleine Haarspraydose heraus, beugte sich herunter und sprühte seine Haare ein. Er hing noch mit dem Kopf nach unten, als er hörte, wie die Eingangstür zur Damentoilette geöffnet wurde. Langsam, Wirbel für Wirbel, kam er hoch; seinen Kopf hob er zuletzt an. In der halb offenen Tür stand eine junge Frau mit schwarzem Bubikopf. Ungeschminkt. Ich werde ihr gleich meinen Lippenstift anbieten; die braucht doch Lippenstift, dachte Praut. Sie trug einen sportlichen, schwarzen Anzug, unisex. Ihr weißes T-Shirt mit V-Ausschnitt hatte genau auf der Höhe der linken Brust einen hässlichen braunen Fleck. Auch ihre weißen Stoffturnschuhe waren mit braunen Sprenkeln übersät.

Sie starrte ihn ein paar Sekunden an. Ihr Gesicht verriet keine Regung. „Ups", sagte sie. Und dann: „Na, sie sind mal ein Statement! Was fange ich denn mit Ihnen an?"

„Sind Sie die Vollstreckerin?", fragte Praut.

„Aha, Sie kennen meinen Spitznamen. Für Sie wäre ich aber gerne weiterhin die Frau Berger. Kann es sein, dass Sie Alexander Praut sind, oder wünschen Sie lieber mit Frau angesprochen zu werden?"

„Wenn es Ihnen nichts ausmacht ..."

„Nun denn, die blöden Kaffeeflecke sind sowieso schon eingezogen, dann gehen wir jetzt ins Besprechungszimmer."

Praut wunderte sich, dass alles so einfach war. Er folgte der Lehrerin und nahm ihr gegenüber in einem Sessel Platz. Jetzt war er gespannt, warum sie ihn sprechen wollte. Kimberly gehörte zu den Klassenbesten. Sie machte auch sonst nie Probleme.

„Haben Sie denn in der Familie die weitere Vorgehensweise besprochen?"

„Äh, Vorgehensweise? Familie?"

„Nun, ich meine Sie, Ihre, äh, Frau und Kimberly."

„Meine Frau is' nich' mehr. Die ist mit ihrem Freund abgehauen. Die wollte sich verbessern, wenn Sie verstehen. Finanziell verbessern."

Frau Berger zog lediglich die Augenbrauen hoch.

„Und Sie, werden Sie sich um Kimberly kümmern können?"

Praut war diese gewisse Schärfe in Frau Bergers Frage nicht entgangen. Was wird das denn hier? Das Ganze verläuft mir jetzt aber zu unentspannt, dachte er. Ich werde bewusst freundlich bleiben. Er schlug seine Beine übereinander, rutschte in seinem Sessel nach vorne und schenkte der Vollstreckerin sein schönstes Lächeln.

„Ach, Frau Berger, seien Sie mal gechillt. Sie kennen doch unsere Kimberly. Wir müssen uns schon lange nicht mehr so wie die meisten Eltern kümmern. Kimberly ist, glaube ich, die Vernünftigste von uns dreien. Die sorgt sich eher um uns. Sehen Sie, ich nehme jetzt wegen meiner Geschlechtsumwandlung 'ne Menge Hormone, da bin ich oft nicht gut drauf. Da hat Kimberly dann vollstes Verständnis für mich."

„Ich fasse es nicht!" Frau Berger baute sich vor ihm auf. „Hat Kimberly nicht mit Ihnen gesprochen?"

„He, locker bleiben!", rief Praut. „Jetzt spucken Sie erst einmal aus, was Sie von mir wollen!" Er musste sich beherrschen, um nicht auch aufzuspringen.

Doch Frau Berger war zur Besinnung gekommen. Sie nahm wieder Platz und schaute ihn ernst an.

„Genug der Spielchen, Herr oder meinetwegen Frau Praut. Kimberly ist im vierten Monat schwanger. Schätze mal, der gemeinsame Austausch über Ihre hormonellen Probleme wird in den nächsten Monaten das geringste Problem sein."

Ach, du Kacke, war das Erste, was Praut dachte. Was ist denn bloß in Kimberly gefahren! Maggie muss zurückkommen! Spinnt Kimberly?! Die ist doch sonst so vernünftig!

„Tja, da wäre wohl eine Frau besser an ihrer Seite."

Praut versuchte jetzt viel Verständnis in seinen Blick zu legen. Er musste auf eine Antwort warten. Frau Berger war aufgestanden, um sich ihr Notizbuch zu holen. Sie lächelte ihn nun warmherzig an.

„Kimberly hat wirklich Glück, dass sie demnächst eine Frau an ihrer Seite haben wird. Das Baby kommt im Dezember. Sie könnte dann zum nächsten Halbjahr im Februar wieder zur Schule kommen, wenn Sie bereit sein würden, auf Ihr Enkelkind aufzupassen. Welch wunderbare Aufgabe für Sie; Sie werden nicht nur zur Frau, sondern auch Großmutter!"

Jetzt spürte Praut am eigenen Leibe, warum die Lehrerin Vollstreckerin genannt wurde. Sie hatte ihn mit ihren Worten an die Wand genagelt. Ihm war auf einmal kotzübel. Er sank in seinem Sessel in sich zusammen.

„Ich kann das alles nicht", jammerte er.

Da klopfte es an der Tür. Kimberly kam herein.

„Hallo Frau Berger", sagte sie. Sie ging sofort zu Praut, der noch immer zusammengesunken in dem Sessel saß.

Sie hockte sich vor ihn hin.

„Bist du jetzt sehr geschockt, Sandy?"

Praut nickte und begann zu schluchzen.

„Wie kannst du mir das antun? Ich dachte, ich könnte mich auf dich verlassen!"

„Tut mir leid, Sandy, mein Freund und ich werden versuchen, es alleine zu schaffen."

Praut weigerte sich, Kimberly anzuschauen. Er war so etwas von enttäuscht von ihr.

Frau Berger war nähergekommen. Sie nahm Kimberly in ihre Arme.

„Kimberly, am liebsten würde ich dich adoptieren."

Praut horchte auf. Er seufzte tief und schenkte der Lehrerin seinen Hundeblick.

„Dann wäre es sehr schön, wenn Sie mich gleich mit adoptieren würden. Ich packe das alles irgendwie nicht mehr."

Die Lehrerin und Kimberly schauten sich an und zuckten mit den Schultern.

„Sie haben doch schon so viel geschafft, warum sollten Sie das nicht auch gemeinsam schaffen?"

Praut entspannte sich; er musste lächeln.

„Finden Sie eigentlich, dass ich gut aussehe, Frau Berger?" Bevor die verdutzte Lehrerin ihm antworten konnte, nahm ihn Kimberly bei der Hand.

„Komm Sandy, wir gehen nach Hause."

Er ging bereitwillig mit. Es klang irgendwie sehr schön, „nach Hause gehen". Kimberly und er waren das Zuhause. Bald kam noch eine winzige Person hinzu. Doch seine Tochter sollte eines wissen: Niemand dürfte ihn mit „Oma" ansprechen; das wäre für ihn ein „No go". Schon allein der Gedanke daran ließ ihn losprusten. Er rutschte das Treppengeländer hinunter und wartete unten auf seine Tochter. Die kam lächelnd hinter ihm her, nahm ihn in den Arm und stellte fest: „Schätze mal, dass du auch als Oma nicht richtig erwachsen werden wirst."

Praut fühlte zum ersten Mal in seinem Leben Dankbarkeit dafür, dass dieses wunderbare Wesen seine Tochter war.

Der Stuhlkreis

Die Straßenbahn bremst abrupt. Das Mädchen am Fenster fällt mir fast in den Schoß. Seine Mutter entschuldigt sich bei mir. „Keine Ursache", sage ich.

Auf den Schienen steht ein Auto und rührt sich nicht. Daran ändert auch das heftige Läuten des Straßenbahnfahrers nichts. Pling, pling, pling geht's immer wieder. Das Mädchen am Fenster hält sich die Ohren zu. Ich höre den Fahrer fluchen: „Mensch, du Hirni, du!"

Es dauert nicht lange und die Feuerwehr ist mit ihren Maschinen zur Stelle. Draußen sehe ich auf einer Plakatwand Werbung für eine Erotikmesse. Das Mädchen fragt die Mutter: „Was ist Erotik?"

„Tja, was ist Erotik?" Die Frau wiederholt die Frage des Mädchens und sagt dann schnell: „Das werde ich dir zu Hause erklären."

„Zu Hause, warum denn zu Hause?", mault das Kind.

Der Mutter fällt wohl keine Antwort ein; sie schaut aus dem Fenster.

Das Mädchen quengelt weiter. Jetzt und hier will es wissen, was Erotik bedeutet. Die Frau seufzt.

„Erotik ist, wenn Mann und Frau sich lieb haben. So, und jetzt ist gut." Die Frau sagt es schnell, bestimmt und fast flüsternd; dann holt sie ihr Handy aus der Manteltasche.

„Das ist nicht Erotik, das ist Biedermeier", sagt der Glatzkopf ganz in Schwarz neben mir, ohne eine Miene zu verziehen.

Die Frau erstarrt, schaut auf ihr Kind. Das lacht den Glatzkopf an und wiederholt: „B i e d e r m e i e r, was für ein komisches Wort ...“

„Geht's noch?“, sage ich und töte den Glatzkopf mit meinen Blicken.

„Sei nett zu mir“, antwortet der, „ich bin Jude.“

Das verschlägt mir die Sprache. Ich stehe auf und drängle mich an ihm vorbei. Das Auto ist nicht mehr im Gleisbett gefangen; die Feuerwehr hat es auf die Straße gehievt. Langsam fährt die Bahn an. An der nächsten Station muss ich aussteigen. Der Glatzkopf springt mir hinterher. Mann, ist der bescheuert! Was soll das? Ich beruhige mich mit dem Gedanken, dass es gar nicht um mich geht, dass er eh hier ausgestiegen wäre. Also jetzt bloß nicht umschauen!

Ich bin froh, als ich das Bistro erreiche, in dem ich mich mit Ben zum Essen verabredet habe; leider bin ich dreißig Minuten zu früh. Ich bestelle mir etwas zu trinken und blättere in der Speisekarte.

„Hallo“, sagt da jemand zu mir. „Wollen wir einen Stuhlkreis bilden?“ Der Glatzkopf steht an meinem Tisch. Er hat seine Frage so laut gestellt, dass die wenigen Gäste zu uns herüberschauen. Die ganze Situation schreit nach einer halbwegs zivilisierten Lösung. Ich kann den Typ nicht einschätzen; es laufen so viele Psychopathen herum. Ich stabilisiere mein Rückgrat und versuche die Schultern zu lockern.

„Mit welchem Ziel?“, frage ich.

Hey, er ist sprachlos!

Er schaut sich im Bistro um, lächelt die Leute an, die zu uns rüberglotzen, und schaut auf den zweiten Stuhl, der an meinem Tisch steht und durch meine Tasche belegt ist.

„Wartest du auf jemanden?", fragt er.

Wer fragt, der führt, fällt mir ein.

„Warum?"

„Na, ein Stuhlkreis macht ja eigentlich nur Sinn, wenn wir mindestens zu dritt sind. Dann könnten wir uns über das Wesen der Erotik unterhalten."

„Wieso hast du gesagt, dass du Jude bist?"

„Weil es stimmt", sagt er und zieht von einem anderen Tisch einen Stuhl herüber, um sich neben mich zu setzen.

Locker bleiben ist mein Mantra. „Wie heißt du?"

„Jakob, und du?"

„Leslie. Hast du Verwandte in Israel?"

„Ja, in Tel Aviv. Wird das jetzt ein Verhör?"

„Ne, ich reise regelmäßig nach Israel, war nach der Schule ein Jahr dort. Ich hätte da mal eine Frage an dich."

„Nur zu."

„Warum verbindest du deine Aussage, dass du Jude bist, gleichzeitig mit der Forderung, dass man nett zu dir sein sollte?"

Zuerst ein tiefer Seufzer von Jakob. Dann schaut er mich an, fast ein wenig wehmütig, und schüttelt den Kopf.

„Leslie, wäre es dir lieber gewesen, ich hätte vor dir die Hacken zusammengeschlagen? Ich hätte dich wesentlich entspannter eingeschätzt."

Irritiert schweige ich und schaue ihn an. Lächelnd hält er meinen Blicken stand. Er sieht gar nicht übel aus. Jetzt schaut er zerknirscht und zieht seine Schultern hoch.

„Ich nehme mir morgens vor, dass ich bei jeder Frau, die ich treffen werde, alles richtig machen will", sagt er, „und mache doch immer wieder alles falsch. Du hast mir in der Bahn gefallen, als du neben mir gesessen hast. Du hast gut gerochen, ich fand dich irgendwie interessant, und ich wollte mich auch ein wenig interessant machen; vielleicht ..."

„Pah, glaubst du wirklich, damit machst du dich interessant? Mit einer Schickse kann man im Übrigen nichts vermasseln, ist doch eh egal ..." Ich kann es einfach nicht lassen. Ich bin scheints gekränkter als meine Mutter.

„Leslie, Leslie, so schön und so verbittert. Welchem bescheuerten Juden muss ich dafür in die Fresse hauen? Für eine Nichtjüdin – also eine Schickse – gehst du recht sicher mit dem Jiddischen um. Wer hat zu dir gesagt, dass man mit einer Schickse nichts vermasseln kann?"

Ich schweige ihn an. Der Kellner taucht auf. Er bringt meinen Aperol Spritz, fixiert mich und fragt freundlich, ob alles in Ordnung sei. Er tut so, als säße Jakob nicht neben mir. Es wäre die Gelegenheit, Jakob loszuwerden, wenn ich dem Kellner mitteilen würde, dass ich mich belästigt fühlte. Aber es ist nicht so. Seltsamerweise fühle ich mich nicht mehr schlecht in seiner Gesellschaft. Jakob bestellt sich einen Milchkaffee.

„Meine Mutter hat oft jüdische Liebhaber", sage ich. „Sie ist meist unglücklich mit ihnen." Ich fühle mich genötigt, irgendetwas zu erklären. Jakob ist jedoch abgelenkt. Ben hat das Lokal betreten; bewegt sich auf unseren Tisch zu. Jakob schaut von mir zu ihm und sagt ein wenig zu laut: „Der ist ja viel kleiner als du."

Ben lacht, drückt mir einen Kuss auf die Lippen, stellt meine Tasche auf den Boden und lässt sich mit einem Seufzer auf den Stuhl fallen. Dann schaut er Jakob an und meint: „Macht nichts, ich bin Sitzriese."

Dafür liebe ich ihn.

Jakob nennt seinen Namen und reicht Ben die Hand.

Ben erkennt in ihm einen jüdischen Kabarettisten, und sie unterhalten sich über seine Sendung im Fernsehen, die ich nicht kenne. Wieso scheint Ben kein bisschen irritiert zu sein, dass Jakob dabei ist, obwohl ich mich mit ihm zum Essen verabredet habe? Sein Entspanntsein kränkt mich fast ein wenig. Der Kellner bringt die Speisekarten, und Jakob schaut uns fragend an. Selbstverständlich kann er mit uns essen, sagen wir. Wir sprechen über meine Mutter, die Leiterin des jüdischen Altersheims ist, und Jakob erstarrt.

„Sie sucht sich ihre Männer unter den Alten aus?", fragt er ungläubig.

Ich muss lachen, weil meine Mutter eher auf jüngere Männer steht. „Nein, es sind oft deren Söhne", beruhige ich ihn. „Aber das macht es für sie auch nicht besser. Sie bekommt als Nichtjüdin halt nicht den Respekt. Sie macht leider den Fehler, dass sie zu schnell mit denen ins Bett geht ..."

„Psst!" Ben erinnert mich kurz daran, dass ich wieder zu viel quatsche. Er hat ja recht.

Jakob schaut mich ernst an. „Du identifizierst dich sehr mit deiner Mutter, nicht wahr? Deswegen hast du solch ein negatives Bild von jüdischen Männern."

Ich zucke nur mit den Achseln. Jakob lässt mich daraufhin in Ruhe.

„Okay", sagt er, „ich schlage einmal den Bogen vom Privaten ins Allgemeine: Da wären wir doch wieder bei unserem Lieblingsthema, der Erotik, liebe Leslie."

Ben schaut nun doch etwas verstört aus der Wäsche.

Jakob versucht, gleich wieder das Gesagte herunterzuspielen, indem er sich Ben zuwendet und ihm zusichert, dass ich ihm später mit Freude erzählen werde, wie wir uns kennengelernt haben.

Der Kellner bringt unser Essen und fragt mich wieder, ob alles in Ordnung sei.

„Ich fühle mich sehr wohl mit den beiden Herren", versichere ich ihm und starre voller Lust auf meine Fettuccine Alfredo, die wunderbar cremig von Butter und Parmesan umschlungen sind. Ich spieße einige auf, drehe die Gabel im Teller und schiebe sie mir in den Mund. Dabei habe ich die Augen geschlossen und spüre verzückt, dass selbst der bunte Pfeffer genau richtig dosiert worden ist.

„Schau sie dir an", höre ich Ben zu Jakob sagen. „Hier siehst du einen perfekten erotischen Moment. Hast du je einer Frau beim Essen zugesehen, bei der dir gleich erotische Fantasien gekommen sind?"

Ich öffne die Augen und schaue Jakob herausfordernd an. Er möchte etwas sagen, schluckt seine Worte dann hinunter wie sein Essen, das er wohl nicht in gleicher Weise wie ich genießen kann.

„Ja, die Fantasie", mache ich weiter. „Letztlich findet Erotik in unseren Köpfen statt, und ohne Fantasie bleibt sie nur Handwerk anstatt Kunst." Ich habe es kaum ausgesprochen, da fällt mir gleich die Doppeldeutigkeit meiner Worte auf. Ich schaue in zwei grinsende Männergesichter.

„Keine schlüpfrigen Gedanken", sage ich schnell. „Ich liebe es, wenn erotisches Geschehen nur angedeutet wird, statt dass uns alles haarklein erzählt wird. Denkt nur an die wunderbare Szene bei Effi Briest, wo es heißt ‚Ach Herr Leutnant, sagt sie noch, dann raschelt die Gardine.'"

„Ja, da steht ihr Frauen drauf ...", sagt Jakob. „Wisst ihr übrigens, was uns der Talmud verspricht für Olam Haba, so nennen wir die kommende Welt? Nein, keine siebenundvierzig Jungfrauen. In Berachot 57b steht, dass wir uns auf Schabbat, Sonnenlicht und Sex freuen dürfen. Nun bin ich als nicht gläubiger Jude mehr an der diesseitigen Welt interessiert. Ich durfte es nämlich schon erleben, dass erotische Momente tatsächlich mein Leben verändert haben. Sie haben nicht nur mein Leben auf den Kopf gestellt, sondern mich auch ein Stück zu einem anderen Menschen gemacht."

„Zu einem besseren oder einem schlechteren?"

Die Frage kommt von einem anderen Tisch. Uns ist es gar

nicht aufgefallen, dass wir immer lauter gesprochen haben und die Gespräche der anderen Menschen um uns herum immer mehr verstummt sind. Die Gäste des Bistros schenken uns nicht nur ihr Lachen, als wir verdutzt in die Runde blicken, sondern klatschen Beifall. Jakob steht auf, verbeugt sich und beendet, wie er sagt, den ersten Stuhlkreis über das Wesen der Erotik; nicht ohne zu versprechen, dass noch weitere Stuhlkreise folgen könnten. Die Gäste rufen ihm Stichwörter zu, er geht plaudernd darauf ein; eine größere Bühne hat sich für ihn aufgetan.

Unterdessen bin ich nahe an Ben gerückt. Ich schaue ihn an. Was denkt er in diesem Augenblick über mich? Er nimmt meine Hand in seine Hände. Sie sind warm, wie mein Gefühl für ihn.

Die Metamorphose

Herrmann war also wiedergeboren worden. Sie war sich jetzt sicher. Anneliese trat aufgeregt ins Haus hinein und setzte sich an den Tisch. Seit Herrmanns Tod wohnte sie in der Einliegerwohnung, und sonntags war es üblich, gemeinsam das Frühstück einzunehmen.

„Ich muss euch etwas sagen", begann sie und schaute zuerst einmal ihrem Sohn in die Augen.

Christian nickte nur, als wolle er sagen, na, dann mach doch, blickte dann aber gleich wieder in die Sonntagszeitung.

„Herrmann ist wieder unter uns."

Anneliese hatte nun die Aufmerksamkeit, die sie benötigte.

Christian und Mareike, ihre Schwiegertochter, starrten sie an. Nur Konstantin, ihr fünfjähriger Enkel, fuhr weiter mit seinem Lego-Auto um den Brötchenkorb herum.

„Ihr wisst ja, dass Herrmann und ich an eine Wiedergeburt glauben, und seit Tagen beobachte ich immer einen Admiral, der die Eichenlaubhortensie besucht. Ich gehe davon aus, dass es Herrmann ist."

„Mutter, was hast du eingenommen?", rief Christian.

„Herrmann hatte sich doch zu Lebzeiten nie für die Marine interessiert", wandte Mareike ein, schaute ihren Mann an und kniff kurz das rechte Auge zu.

Konstantin ließ das Auto vom Tisch sausen und gab ebenfalls einen Kommentar ab: „Wenn der Opa wiedergeboren wird, braucht der einen Nucki."

„Kinder, ich spreche doch vom Schmetterling!"

Anneliese konnte als ehemalige Grundschullehrerin ein Ausrufezeichen sprechen. Das Dozieren hatte sie ebenfalls nicht verlernt.

„Der Admiral ist der Schmetterling mit den dunkelbraunen Vorderflügelseiten, auf denen in der Mitte eine breite rote Binde verläuft. Die Spitzen der Vorderflügel sind schwarz gefärbt und tragen mehrere große und kleine weiße Flecken ..."

Anneliese hielt in ihrem Vortrag inne.

„Ah ja, wir verstehen", murmelten ihre Lieben und erhoben sich vom Tisch. Das gemeinsame Frühstück war wohl beendet.

In den folgenden schönen Spätsommertagen saß Anneliese auf der Gartenbank neben der Eichenlaubhortensie und wartete. Ihr Herrmann ließ sie nicht im Stich. Sie nahm es ihm nicht übel, dass er in den ersten Tagen ein wenig Abstand brauchte und Blüten wählte, um sich niederzulassen. Aber dann war es so weit: Herrmann nahm auf ihrem Handrücken Platz. Anneliese wagte nicht, die Hand zu bewegen. Sie flüsterte leise seinen Kosenamen: „Grüß dich, Knurri." Vorsichtig hob sie ihren Zeigefinger. Doch bevor sie ihm mit einer Winzigkeit von Berührung zeigen konnte, dass sie ihn erkannt hatte, flog er mit ein paar müden Flügelschlägen an die weiße Hauswand und ließ sich dort nieder. Konstantin saß auf seiner Schaukel und beobachtete sie.

„Wenn du auch ein Schmetterling wärst, hätte der Opa keine

Angst vor dir", rief er.

Natürlich, dachte Anneliese, wie recht der Junge hat.

Mit dem nächsten Bus fuhr sie in die Stadt.

Anneliese freute sich in den kommenden Tagen über den Regen, der an ihr Fenster prasselte. Sie hatte nun Zeit für ihr Projekt. Zum Glück hatte sie in der Stadt eine passende knallgelbe Bluse gefunden. Eigentlich hatte sie eine Bluse mit Schmetterlingsmotiven kaufen wollen. Eine nette Verkäuferin zeigte ihr in dem Kaufhaus dann Schmetterlinge zum Aufbügeln. Sie kaufte alle, die in diesem Geschäft vorrätig waren, und auf die Falter wartete nun das heiße Eisen.

Zum Glück war das Internet dank zweier Volkshochschulkurse für sie kein Neuland mehr. Dort konnte man das ganze Jahr über Dinge für Karneval bestellen. Sie orderte Schmetterlingsflügel, Schminke sowie die passende Kopfbedeckung. Ein Tutorial brachte ihr bei, wie sie ihr Gesicht schmetterlingsähnlich schminken konnte. Mein Gott, wie einfach das doch alles ging, dachte sie. Wie gut, dass sie einmal nicht auf Herrmann gehört hatte, der sie zu Lebzeiten vor dem Internet gewarnt hatte.

Nach einer Woche verabschiedete sich der Regen, um der Sonne wieder Platz zu machen. Jeden Tag nach ihrem Mittagsschlaf verwandelte sich Anneliese in einen Schmetterling. Konstantin bot sich als Helfer an. Er unterstützte sie, weil er – so nahm sie an - den Glauben an eine Wiedergeburt sehr tröstlich fand.

„Wirst du irgendwann auch einmal ein richtiger

Schmetterling wie Opa?", fragte er.

„Ich hoffe es sehr, mein Junge. Ich bin in der Metamorphose, das bedeutet Verwandlung. Mit meiner Verkleidung zeige ich dem Opa, dass ich bereit bin, zu ihm zu kommen. Er soll keine Angst vor mir haben."

Wenn sie auf der Gartenbank in ihrem knallgelben Schmetterlingshemd Platz nahm, dauerte es nur ein paar Minuten, bis sie zum Treffpunkt von Admiral, Zitronenfalter und Pfauenauge wurde. Deren Namen kannte sie, doch jeden weiteren Tag kamen Falter hinzu, die sie noch nie gesehen hatte. Ein Admiral kam erst am Spätnachmittag vorbei, er nahm auf ihrem Handrücken Platz. Sie war sich sicher, dass es ihr Herrmann war.

Wenn es ihr jedoch nach Bewegung war und sie mit ihren schillernden Flügeln durch den Garten schritt, blieb der Admiral auf der Bank sitzen, und kein anderer Schmetterling wagte sich dorthin.

Es vergingen ein paar Tage, bis die ersten Kinder am Zaun standen und Konstantins Schmetterlingsoma sehen wollten. Anneliese freute sich über das Interesse der Kleinen, denen Konstantin im Kindergarten jeden Tag neue Geschichten über sie erzählen musste.

Nur Mareike guckte so grimmig, wenn sie von der Arbeit kam und die Heerscharen von Kindern in ihrem Garten sah. Abends hörte Anneliese, dass Mareike einen Seufzer ließ und zu Christian sagte, dass sie jeden Abend um Regen beten würde. Aber es blieb sommerlich warm und trocken.

Dann kamen die Zeitungsleute. Anneliese kannte nicht die

geringste Scheu, als Schmetterlingsfrau zu posieren und ihre Geschichte zu erzählen.

Leider war Christian nicht stolz auf seine fotogene Mutter. Nachdem er sie am Abend zur Begrüßung angeschrien hatte und wissen wollte, ob das ihr Ziel gewesen sei, ihren Sohn vor aller Welt lächerlich zu machen, indem sie sich in diesem Revolverblatt – er hatte wirklich Revolverblatt gesagt – ablichten ließe, schmiss er ihr die Zeitung vor die Füße und verschwand in seinem Arbeitszimmer.

„Ich finde die Bilder cool", versuchte Konstantin sie zu trösten und gab ihr ein schnelles Küsschen.

Mareike probierte es mit Psychologie.

„Na, ob dieser Rummel deinem Herrmann recht wäre ...?"

Anneliese registrierte die unterschiedlichen Kommentare, ging in ihre Wohnung und klebte die ausgeschnittenen Zeitungsbilder in ihr Tagebuch. Darunter vermerkte sie: Mein Gang an die Öffentlichkeit wird lediglich von Konstantin goutiert.

Am nächsten Tag – sie flanierte durch den Garten und freute sich, dass sie eine lebende Landebahn für die schönsten Schmetterlinge war – hörte sie jemanden rufen: „Hallo, verehrte Dame!" Am Gartenzaun stand ein alter Mann. Er musste Stil haben; Anneliese konnte sich nicht erinnern, wann sie jemand mit „verehrte Dame" angesprochen hatte. Es war ein alter hässlicher Mann. Einer mit einem Kopf wie von einer geschnitzten Handpuppe aus einem Voralpen-Puppenspiel. Drei Haare zierten den kantigen Schädel, die zerfurchte Kartoffelnase beanspruchte viel Platz in dem

Gesicht, und die winzigen Äuglein wirkten durch das runde Brillengestell auch nicht größer. Und dann die Zähne! Schief waren sie und lückenhaft. Einfach nur gruselig!

„Ja bitte", antwortete sie und schritt langsam und aufrecht auf den ungebetenen Gast zu.

„Ich wollte Sie nur beglückwünschen, dass Sie es geschafft haben, mit Ihrem verstorbenen Gatten in Kontakt zu kommen. Ich wünschte, ich könnte es mit meiner verstorbenen Frau ebenso."

Auch wenn Anneliese als Ästhetin seinen Anblick nicht als angenehm empfand, wollte sie den armen Mann nicht am Zaun stehen lassen. Sie hatte das Gefühl, dass eine neue Aufgabe auf sie wartete. Flugs öffnete sie das Tor und lud ihn in den Garten ein. Der Mann stellte sich als Artur vor, streifte mit ihr durch den Garten und ließ sie reden. Sie stellte ihm ihre Thesen über Wiedergeburt vor, Artur fragte dann und wann nach und bat Anneliese um Erlaubnis, wiederkommen zu dürfen. Zum Abschied gab er ihr noch einen Tipp. Sie solle ein paar faulende Äpfel im Garten liegen lassen; das locke besonders die Admirale an.

Sie gewöhnte sich schnell an Arturs Besuche. Schon lange hatte ihr niemand mit so viel Geduld und Hingabe zugehört. In der hintersten Ecke des Gartens, dort wo ein riesiger Wacholder, eine Eberesche und ein Apfelbaum ein Dreieck bildeten, ließ sie nun ein paar Äpfel auf der Wiese liegen, und wahrhaftig wurde dieser Platz ein Paradies für Admirale. Sie saß dann ganz glückselig mit Artur auf einer Bank; um sie herum die beschwipsten Schmetterlinge.

Die Zeit kam, in der das Azorenhoch zu schwächeln begann.

Artur hatte zum Herbstbeginn Pflaumenkuchen mitgebracht, und während Anneliese den Tisch deckte, kam Konstantin angerannt. Er hatte ein Kastanienblatt in der Hand, welches er vorsichtig auf den Kaffeetisch legte.

„Schau einmal, Oma, eine eklige Raupe."

Anneliese ließ sich von der Raupe nicht stören. Als Artur sie vom Tisch befördern wollte, griff sie nach seiner Hand, um ihn daran zu hindern. Konstantin schaute sie verdutzt an.

„Findest du die nicht eklig, Oma?"

„Wer Schmetterlinge liebt, kann Raupen nicht eklig finden", antwortete Anneliese und schaute Artur vielsagend an.

„Du bist wirklich eine Philosophin", sagte er bewundernd. Anneliese sah große Zuneigung in seinen Blicken, und sie wunderte sich, dass sie vor kurzer Zeit nur eine eklige Raupe in ihm hatte sehen können.

„Ich bin nicht nur eine Raupe", sagte Artur lächelnd, als könne er Annelieses Gedanken lesen. Ein seltener Moment, in dem ihr die Worte fehlten. Sie war so beeindruckt von dem, was sich zwischen ihr und Artur abspielte, dass ihr gar nicht auffiel, wie der letzte Schmetterling auf der gelben Bluse – ein Admiral – sich erhob und wegflog.

Gestern war mehr Idylle

Der Tag, der Irenes Leben in ein Davor und in ein Danach einteilte, begann mit Sonnenschein und Wolken am Himmel, die wie dahin getupfte Wattebäuschchen aussahen. Irene legte die Betten zum Lüften ins Fenster, streckte ihr Gesicht der Sonne entgegen und spürte die Wärme genauso wie die kalte Unterströmung, die sie ermahnte, nicht vorschnell zu glauben, dass der Frühling endgültig vom Land Besitz genommen hätte. Ein paar Sekunden wollte sie einfach nur sein; das Zwitschern der Vögel hören, versuchen, nicht zu denken. Es gelang ihr nicht. Die letzten Tage in dieser Idylle, dachte sie. Sie hatte nicht immer eine Idylle ohne Brüche erlebt, doch das naturnahe Leben war ihr ans Herz gewachsen.

Irene sah Wolfgang in den Bus einsteigen; er drehte sich kurz um und winkte ihr. Sie hatte am Abend vorher mit ihm reden wollen, doch es hatte sich nicht ergeben. Dabei wusste sie gar nicht, wie der ideale Moment sein müsste, um ihrem Mann mitzuteilen, dass sie vorhabe, ihn zu verlassen.

Beim Frühstück überflog sie die Schlagzeilen der Bergischen Landeszeitung. Das Hauptthema waren die Kölner Raser, die neuerdings bei ihnen in Schönenfeld ihr Unwesen trieben. Von Kreisel zu Kreisel, mitten durch das Dorf. Niemand gebot ihnen Einhalt. Wie auch, wenn die nächste Polizeistation siebzehn Kilometer entfernt war. Jeder wünschte sich die Zeiten zurück, als der Ärger nur den „Waffelfressern" galt: ältere Menschen, die am Wochenende aus Köln zur Kaffeefahrt ins Bergische zockelten und die Einheimischen durch ihre unsichere Fahrweise aufregten.

Am Nachmittag hatte sie ihren Mietvertrag in Köln unterschrieben. Keiner wusste davon. Den langen, inneren Kampf zwischen Bleiben oder Gehen hatte sie alleine ausgetragen.

Sieben grausame Tage sind seit diesem Nachmittag vergangen. Irene sitzt im Altenberger Dom. Ihre Gedanken kreisen um eine Frage: Warum hat sie es nicht geschafft, mit Wolfgang zu reden? Vieles wäre jetzt einfacher gewesen. Die Vision ihres zukünftigen Lebens ist ihr verloren gegangen; ersetzt durch eine Nebelwand, die ihre Hochglanzbilder nicht durchdringen lässt.

Sie hört, wie jemand das schwere Domportal öffnet. Eine Frau kommt herein und setzt sich an die Orgel. Schon bei den ersten Tönen stellen sich Irenes Armhärchen senkrecht. Die Musik greift nach ihr, schüttelt sie durch, berührt ihr Innerstes. Der Knoten, der ihr seit Tagen den Hals zuschnürt, löst sich. Doch Haltung bewahren - ihre Problemlösung, wenn es heikel wird - ist nun nicht mehr möglich. Sie sackt auf der Kirchenbank in sich zusammen. Tränen laufen, die sie in der vergangenen Woche zurückhalten konnte. Erst als sie sanft an der Schulter berührt wird, schreckt sie hoch. Die Orgelspielerin steht vor ihr. Ihre Blicke gehen von der Frau zu der Orgel und wieder zurück.

„Aber die Orgel spielt noch …" Irene ist verwirrt.

„Mein Kollege hat mich abgelöst. Neben Orgel spielen kann ich noch gut zuhören."

„Ne, lassen Sie mal", antwortet Irene fast erschrocken. „Ich sitze hier nur, weil ich den blauen Himmel nicht ertrage. Gott ist mir irgendwann abhandengekommen."

„Mein Angebot steht noch", entgegnet die Frau und reibt ihre Handflächen aneinander. „Ich heiße Elisabeth, ich will Ihnen zuhören und Sie nicht missionieren. Hier ist es kalt, und in der Sakristei wartet meine Thermoskanne mit Tee."

Mittlerweile haben einige Touristen den Dom betreten. Sie schauen sich das eindrucksvolle Westfenster mit Szenen aus dem biblischen Jerusalem an; blicken auch zu ihnen herüber. Irene wundert sich über sich selbst, als sie aufsteht und der Orgelspielerin in die Sakristei folgt.

„Ich bin Irene Selbach, die Frau von dem Raseropfer."

„Jetzt verstehe ich Ihre Tränen, Sie Ärmste. Ich habe davon gehört." Elisabeth reicht ihr eine Tasse heißen Kräutertee. „Wie geht es Ihrem Mann?"

„Ein Bein konnten sie nicht retten. Sie haben seinen Unterschenkel amputieren müssen. Die anderen Verletzungen werden irgendwann heilen. Doch um ehrlich zu sein, habe ich mehr um mich als um ihn geweint."

„Sie sind mit Ihren Gedanken schon in der Zukunft?"

Irene hält mit beiden Händen ihre Tasse und schüttelt den Kopf.

„An dem Tag, an dem der Unfall geschehen ist, habe ich in Köln den Mietvertrag für eine Wohnung unterschrieben. Leider habe ich bis heute meinem Mann nicht gesagt, dass ich vorhabe, ihn zu verlassen."

„Sie haben keinen guten Mann?"

„Doch, doch, das ist ja das Schlimme! Ich kann ihm letztlich nichts vorwerfen. Er hat sich nie verändert, doch ich bin eine

44

andere geworden. Ich habe mich schlicht entliebt. Er ist so anspruchslos dem Leben gegenüber … und nun dies. Ich kann ihn doch jetzt nicht alleine lassen. Ich muss bleiben und kann es nur aus Anstand tun …"

Irene sucht in den Augen ihrer Gesprächspartnerin um Verständnis.

„Ihre Geschichte macht mich sprachlos. Ich will aus diesem Grund auch keine tröstenden Worte verschwenden, denn Sie brauchen mehr, Sie brauchen jemanden, der Sie in den nächsten Wochen begleitet."

„Ja, das brauche ich. Ich müsste so viel tun, so viel organisieren, doch ich bin wie gelähmt. Wissen Sie, ich habe das Gefühl, ich stehe an einem Abgrund, und wenn ich mich irgendwie bewege, könnte nicht nur ich mich in Lebensgefahr bringen, sondern alle, die mir wichtig sind. Den nächsten Moment spüre ich dann wieder diese ungeheure Wut in mir …" Irenes Stimme stockt. Dann schreit sie los: „Verdammt noch mal, das Leben geht einen Weg mit mir, den ich nicht gehen will!"

Die Tür geht auf, und der Pfarrer blickt herein. Ehe Irene so etwas wie Peinlichkeit spürt, schließt er leise die Tür.

Hektisch beginnt Irene ihren Mantel zuzuknöpfen; zehn Knöpfe sind es, der letzte reißt ab.

„Sehen Sie", ruft sie empört, als halte sie einen weiteren Beweis in Händen, wie schlecht das Schicksal es mit ihr meint. „Nur ein Beispiel dafür, dass sich alles gegen mich verschworen hat. Meine Idylle ist eh nur eine Illusion gewesen … Jeden Freitag trifft sich mein Mann mit seinen

Freunden in der Alten Mühle, warum ist ausgerechnet er überfahren worden? Er ist ein guter Mensch, warum passieren die schlimmsten Dinge immer den guten Menschen?"

Elisabeth hört zu und schüttelt den Kopf.

„Irene, hier geht es nicht um dunkle Magie und wer jetzt dran gewesen wäre, ein Opfer zu sein. Wenn es diese schrecklichen Raser nicht gäbe, würde ihr Mann nicht im Krankenhaus liegen. Die tragen die Verantwortung. Sie können Ihrem Mann zur Seite stehen, ohne deswegen den Rest Ihres Lebens an seiner Seite verbringen zu müssen. Auch, wenn Sie am Vorabend des Unglücks Ihren Mann darüber informiert hätten, dass Sie sich trennen möchten, wäre die Situation nicht konfliktfreier gewesen. Sie können sich und Ihrem Mann nur helfen, wenn Sie die Opferrolle verlassen. Nehmen Sie sich selbst nicht Ihre Zukunft, in dem Sie mit Ihrem Schicksal hadern."

Elisabeth muss zwischendurch Luft holen und unterbricht sich selbst.

„Amen", sagt Irene in die Stille hinein. Mit dieser rebellischen Ironie, die ihr manchmal zu eigen ist.

„'tschuldigung", entgegnet Elisabeth, „jetzt ist mein Helfersyndrom mit mir durchgegangen. Ich wollte Sie nicht belehren, ich wollte Ihre Mutmacherin sein."

„Habe ich noch nie gehabt", antwortet Irene.

Dann liegt sie in den Armen, die sich ihr anbieten.

Giftige Botschaften

Niemand mehr, der vor mir ist, dachte Franziska; mit achtunddreißig bin ich jetzt Vollwaise. Ihre Trauertränen der letzten Monate hätten Gefäße füllen können; sie spürte eine Leere, die selbst das morgendliche Aufstehen zu einem Kraftakt werden ließ. Reaktive Depression nannte das ihr Hausarzt, ihre Mutter hätte gesagt, dass man ihren Lebensgeistern Futter geben müsste. Unvorstellbar für sie, jemals wieder einen anderen Menschen so lieben zu können. Franziska wusste, dass Mutter insgeheim gehofft hatte, dass ihr noch eine Opernkarriere gelingen würde, doch es gab keine Vorwürfe, als ihre berufliche Heimat nicht die Opernbühnen dieser Welt, sondern der Rundfunkchor geworden war.

Franziskas Gesichtszüge entspannten sich. Wenn ich positiv denken würde, könnte ich nun all das tun, was ich wegen Mutters Krankheit aufgeschoben habe. Sie sah sich noch einmal in der geräumten Wohnung um. Eine einzige Kiste wollte sie mitnehmen. „Mein Erinnerungsschatz" hatte Mutter diese Kiste genannt. Für Franziska war sie das letzte Verbindungsstück zum Leben ihrer Mutter; vom Vater hatte sie nicht einmal ein Bild, geschweige denn eine Vorstellung darüber, was ihn als Menschen ausgemacht hatte. Nun aber galt es, sich auf das kommende berufliche Projekt zu fokussieren: Die Himmel erzählen die Ehre Gottes … In der neuen Spielzeit die Schöpfung also … Am Dirigentenpult Leo Ossiewski; der Asket unter den Dirigenten. Glatzköpfig, wie er war, und durchtrainiert wie ein junger Mann wurde der Sechzigjährige in einer Zeitung mit einem tibetanischen

Mönch verglichen. „Denken Sie einfach diesen orange-roten Umhang weg", stand dort. Ossiewski trug natürlich Frack.

Franziska hatte noch nicht mit ihm gearbeitet; er war vor langer Zeit in die USA ausgewandert und kam nur unregelmäßig in seine alte Heimat, um dort mit den Berliner Symphonikern zu arbeiten.

Am Tag der ersten gemeinsamen Probe schaute ihre Kollegin Isolde Franziska verschwörerisch an und flüsterte: „Er soll als junger Mann regelrecht aus Berlin geflohen sein." Dieses Gerücht machte ihn für Franziska noch interessanter.

Am zweiten Tag der Probe gab es von ihm ein „Prima" für den Chor. Franziska versetzte dieses Lob in Hochstimmung, so als hätte es nur ihr gegolten. Sie schlenderte mit Isolde entspannt zum Aufzug und löste ihre Haarspange. Ihre braunen Locken fielen auf ihren kleinen Pelzkragen. Dann öffnete sich die Fahrstuhltüre.

„Ohne die Haarspange sehen Sie meiner Mutter noch ähnlicher", sagte Ossiewski, der im Aufzug stand, mit einem Arm die Fahrstuhltür daran hinderte, zuzugehen, und sie unverhohlen anstarrte.

„Aha", antwortete Franziska zögernd und sah aus dem Augenwinkel, dass Isolde zur Treppe lief. Schnell betrat sie den Aufzug und suchte sich einen Platz mit größtmöglicher Distanz zu dem Maestro. Welches Bonmot passt jetzt bloß, überlegte sie. Aber da passte doch nichts, wie kam er um alles in der Welt nur darauf, sie mit seiner Mutter zu vergleichen! Sie spürte, wie seine Blicke auf ihr ruhten, doch sie wagte nicht, aufzuschauen. Der Fahrstuhl blieb mit einem

Ruckeln stehen. Stumm nebeneinander hergehend verließen sie das Gebäude. Draußen wartete Ossiewskis Taxi.

„Entschuldigen Sie bitte, da waren plötzlich Bilder in meinem Kopf ...", sagte er, bevor der Fahrer ihm die Türe öffnete. Er konnte nicht weitersprechen; seine Stimme krächzte auf einmal.

„Frosch im Hals", bemerkte Franziska, um irgendetwas zu sagen. Er nickte wortlos und stieg in den Wagen.

Am Abend dann, als der letzte Gesangschüler ihre Wohnung verlassen hatte, war es so, als säße Ossiewski mit ihr am Abendbrottisch. Ihre Gedanken umkreisten diese eine Aussage, in der er sie mit seiner Mutter verglichen hatte. Keine Suchmaschine wollte nur irgendetwas über seine Mutter preisgeben. Ein paar Tage spukte diese seltsame Begegnung mit Ossiewski in ihrem Kopf herum, dann wurde sie allmählich so vage wie ein flüchtiger Traum, und sie gab sich mit dem Gedanken zufrieden, dass es rein zufällig eine Ähnlichkeit gab.

In der Nacht vor der Generalprobe wachte Franziska durch heftiges Autohupen und Geschrei auf. Es dauerte eine Weile, bis sich die Gemüter unten auf der Straße wieder beruhigten, da war es drei Uhr früh. Franziska zog sich wie ein Embryo zusammen und versuchte, wieder in den Schlaf zu kommen. Als sie erneut auf die Uhr blickte, war es halb vier. Stöhnend verließ sie das Bett, hüllte sich in einen Bademantel und steuerte ihre Couch an. Wenn sie dort ein wenig Fernsehen gucken würde, fände sie am schnellsten wieder Schlaf. Ihr Blick fiel auf die Kiste, die sie aus Mutters

Wohnung mitgenommen hatte. Sie hatte noch nicht bemerkt, dass der Schlüssel dazu fehlte. Der Deckel zeigte eine hübsche maurische Intarsienarbeit, die sie nicht durch grobes Aufbrechen zerstören wollte. Aufgeregt fragte sie sich, was Mutter da wohl vor ihr verschlossen hatte? Mit einem Schraubenzieher gelang es ihr nach wenigen Minuten, das Schloss zu öffnen. Enttäuscht sah sie die kleinen Mitbringsel, Flugtickets, Eintrittskarten und Ansichtskarten. Das sollte der Erinnerungsschatz sein? Schließlich kramte sie ein paar zusammengefaltete Ausschnitte aus Zeitungen hervor. Vorsichtig faltete sie einen auf. Eine Konzertkritik. Mit einem Foto von Ossiewski! Weniger vorsichtig faltete sie nun die übrigen Zeitungsausschnitte auseinander. Nur Ossiewski, alles nur Ossiewski! Franziska konnte sich nicht daran erinnern, dass ihre Mutter jemals von ihm gesprochen hatte, geschweige denn ein Konzert besucht hätte. War sie einem Geheimnis auf die Spur gekommen? Welche Verbindung gab es zwischen ihrer Mutter und Ossiewski?

Dann hielt sie einen verknitterten Luftpostbrief in der Hand, den sie – als sei er gefährlich für sie - auf den Couchtisch legte. Sie starrte ihn an, nahm ihn dann wieder in ihre Hände, roch daran und betrachtete die Handschrift, mit der die Anschrift ihrer Mutter geschrieben worden war. Fräulein Erika Thelen stand dort. Damals hatte Mutter noch in der Kantstraße gewohnt. Der Brief war nicht, wie es Mutters Gewohnheit war, mit einem Briefmesser geöffnet worden, sondern er war aufgerissen worden, ganz wie es Franziskas Temperament entsprach, wenn sie sehnsüchtig auf irgendeine Nachricht wartete. So gab es keinen Absender zu lesen. Die Briefmarke verriet, dass der Brief in den USA aufgegeben worden war. Franziskas Vorsatz, Entspannung zu finden, um wieder einschlafen zu können, war vergessen. Es war ihr, als spräche der Umschlag zu ihr: Ich bin aus deiner Mutter Leben, lass mich bloß in Ruhe! Nein, sie konnte diesen Brief nicht in Ruhe lassen! Mutter muss gewollt haben, dass sie ihn findet. Sonst hätte sie ihn bestimmt vernichtet. Ihr Herz klopfte bis zum Hals. Zum ersten Mal tat sie etwas, was sie bei ihrer Mutter nie leiden konnte: Sie goss sich einen Rum ein. Sie hatte es nicht übers Herz bringen können, die veritable Rumsammlung ihrer Mutter in den Ausguss zu schütten. Schnell kippte sie ihn hinunter, holte tief Luft, fischte den Brief aus dem Umschlag und begann zu lesen.

Stunden später sitzt Franziska immer noch auf ihrer Couch. Ihre Ellenbogen auf dem Tisch aufgestützt, damit ihre Hände ihren Kopf halten können. Ihre Augen starren auf die wenigen Zeilen eines Briefes. Daneben eine fast leere Flasche Rum, eine leere Colaflasche, Chips, die verstreut auf dem gesamten Tisch liegen. Das Glas liegt umgekippt halb im Aschenbecher und hat ein Zigarillo mit dem letzten Schluck Cola-Rum ertränkt. Mantraartig wiederholt sie einen Satz; jetzt ist es wohl eher ein Lallen: „Ich kann ohne zu übertreiben behaupten, dass es der abscheulichste Tag in meinem Leben war, als du mir von der Geburt deiner Tochter berichtet hast."

Welche anderen Wörter gibt es noch für abscheulich? Ekelhaft, widerwärtig, verwerflich, schändlich … Sie zieht sich am Tisch hoch, um das Fenster zu schließen. Das Kreischen der Säge, der irgendjemand in der Nachbarschaft Strom gegeben hat, ist so bösartig wie die Botschaft, die vor ihr liegt. Sie hält sich die Ohren zu, doch das Kreischen dringt in ihren Körper ein, dockt an ihren Nerven an. Ich dreh durch, denkt sie. Gleich drehe ich durch. Sie lehnt sich an die Wand neben dem Fenster und spürt, wie sie langsam gen Boden rutscht.

Ihre Mutter habe ihn reingelegt, stand da noch und dass er sich seine Karriere nicht versauen ließe. Zuletzt nur der Vorname „Leo", ohne Gruß, einfach nur „Leo".

Wenn dich jemand so findet, denkt sie, und dann fällt ihr ein, wie sie sich als Kind getröstet hat mit ihrem Gedicht, das sie sich ausgedacht hatte, um es den Kindern vorzutragen, die sie malträtierten mit ihren Fragen nach dem fehlenden Vater. „Vati, liebes Vatilein, ich bin dein braves Töchterlein. Die Mami erzählt, du bist tot und kannst mir nicht helfen in meiner Not." Und wie sie da so liegt auf dem Boden, spürt sie nochmals ihre Kraft. Sie hat doch gelernt, was sie alles mit dem richtigen Atem zuwege bringen kann, dass ihr Atem zum Zauberatem werden kann, der Engelstöne hervorbringt, und jetzt soll es alle Welt hören, was sie zu sagen hat, und sie jubiliert: „Vati, liebes Vatilein", und beim nächsten Atemzug schreit sie diese drei Wörter, bis ihre Stimme bricht. Sie schnappt nach Luft wie ein Fisch, der aufs Land geraten ist; nach Luft, nach Luft ... und dann blickt sie auf sich hinunter, sieht sich dort auf dem Boden liegen, und mit einem Luftzug erscheint ihr Vater, der ihren Kopf in seinen Schoß bettet und sie einfach nur festhält. Nein, sie ist nicht abscheulich. Wie kann sie abscheulich sein, wenn er sie hält wie sein Baby.

Als Franziska erwachte, wusste sie, dass sie die Generalprobe versäumt hatte. Erst beim Arzt stellte sie fest, dass es ihr die Stimme verschlagen hatte. Nur ein Krächzen war zu vernehmen, als sie versuchte, Worte herauszubringen. Isolde hatte aufgeregt auf die Mailbox gesprochen. Franziska schrieb ihr eine WhatsApp: „Bin sprachlos und am Boden zerstört, Arzt empfiehlt Klinikaufenthalt. Die Schöpfung wird ohne mich stattfinden".

Heimat zu viel

Ein einziger unerwarteter Anruf, und das Fotoalbum meiner Kindheit erschien vor mir; mit den schwarz-weißen Bildern, die winzige Zacken hatten, wie Mausezähnchen. Auch der eigentümliche Geruch des Dachbodens der Eltern war wieder in meiner Nase, obwohl ich das Haus schon Jahre nicht mehr betreten hatte.

„Ich bin dir noch etwas schuldig." Reginas Worte am Telefon hallten nach. Würde Regina, die es zu einer bekannten Schauspielerin gebracht hatte, mir erklären, warum sie vor einundzwanzig Jahren aus meinem Leben verschwunden war? Neun Jahre lang war sie mein Seelenmensch gewesen, meine beste Freundin. Dann war sie gegangen. Sang und klanglos; nach dem Abitur.

Ich bin es schuld, hatte ich damals gedacht, wieso musste ich etwas mit Bernhard anfangen! Jetzt wollte Regina also mit mir reden.

Ich schlug den Ordner mit den Abrechnungen zu. So aufgewühlt, wie ich war, konnte ich mich nicht mit Buchhaltung beschäftigen. Mister Bo, unser Shepherd Collie, lag zu meinen Füßen. Ein Fingerzeig von mir genügte, und er öffnete mit einem Sprung die unverschlossene Tür. Ein heftiger Windstoß zog mich fast heraus zu den Feldern meiner Familie, die gleich vor unserem Bauernhaus lagen. Mister Bo kannte den Weg zu den Schafen am Deich, und ich ließ meine Gedanken dreißig Jahre zurückschweifen in das Jahr 1955, als meine Freundschaft mit Regina begann.

Regina klettert blitzschnell die Auszugsleiter herauf.

„Hier riecht es nach meiner Blockflöte", ruft sie. Sie kneift ihre schräg stehenden Augen zusammen und hält ihre Nase mit zurückgelegtem Kopf schnüffelnd in alle Richtungen. Ich versuche ebenfalls einen Blockflötengeruch wahrzunehmen, doch ich habe den scharfen Geruch der Mottenkugeln in der Nase. Draußen tobt der Wind. Ich spüre, wie er versucht, sich durch das Dach zu drängeln. Ich nehme Regina an die Hand, schreite mit ihr alles ab. Die grüne Kommode mit den goldenen Knöpfen an den Schubladen, die Hutschachteln und Überseekoffer, die Schaufensterpuppe, die noch aus dem Vorkriegsladen meiner Großeltern stammt und der Mama ihr dunkelblaues Matrosenkleid übergezogen hatte. Neben dem Grammophon meines Großvaters steht eine alte Chemikalienwaage, und dann reiht sich daran Holzkiste an Holzkiste.

Regina ruft immer nur „Oh wie schön, oh wie schön" und dreht sich dabei im Kreise, dass ihre schwarz glänzenden Haare nur so fliegen. Dann erblickt sie unseren Papageienschrank. Der heißt so, weil auf beiden Türen Papageien zu sehen sind. Ich bitte Regina, die Augen zu schließen, bevor ich die Türen öffne. Dann darf sie mit den Händen ertasten, was sie gleich erblicken wird. Verzückt steht sie vor der Pracht alter Ballkleider, die meiner Großmutter gehörten. Mama hat diese kostbaren Kleider nach dem Tode von Großmama auf den Dachboden geschafft. Sie ist so anders als Großmutter; sie zieht höchstens ein graues Kostüm an, wenn sie sich schön machen will. Regina möchte alle Kleider aus dem Schrank holen und anprobieren, doch ich habe Sorge, dass ich Schimpfe bekomme, und vertröste sie damit, dass wir uns erst einmal einen Spiegel beschaffen müssen. Zwischen den Ballroben steht ein Koffer, der ebenfalls Reginas Interesse erweckt.

Schwarzer Lack mit Lederverbrämung und Lederriemen. Sie hebt ihn aus dem Schrank heraus, betrachtet ihn von allen Seiten und meint dann: „So einen Koffer hat meine Mutter auch. Mit dem ist sie geflohen."

„Sind deine Eltern Flüchtlinge?"

„Nur meine Mutter, sie kommt aus Ostpreußen", antwortet Regina und macht sich daran, den Koffer zu öffnen. Seidenblusen, Tücher, kleine bestickte Kappen findet sie dort; und einen Kimono. Sie wickelt sich in ihn ein. Ich starre sie bewundernd an. Sie beginnt in kleinen Trippelschritten hin und her zu laufen. Ich vergesse meine Zurückhaltung und sage: „Das passt zu deinen japanischen Augen."

„Kirgisische", sagt sie. „Das sind kirgisische Augen."

Das Land kenne ich nicht. Ich werde neugierig. „Wenn du mir erzählst, wieso du kirgisische Augen hast, kannst du den Kimono behalten."

Wenn das die Mama wüsste, denke ich noch, als Regina in ihren ulkigen Trippelschritten auf mich zukommt und mich umarmt. Ich breite eine Decke auf dem Boden aus, um es gemütlicher zu machen. Angelehnt an den Papageienschrank starte ich einen neuen Versuch. „Erzähl! Was ist los mit deinen Augen?"

„Streng genommen ist mein Vater gar nicht mein Vater."

Reginas Satz hallt durch den Raum. Ich spüre die Ungeheuerlichkeit dieser Aussage. Warum habe ich bloß nachgefragt? Ich kenne Regina doch erst ein paar Wochen. „Wie kannst du so etwas sagen!"

Meine Reaktion verunsichert Regina. Sie zögert. Ich könnte jetzt ein anderes Thema beginnen. Doch was Regina zu erzählen hat, ist viel zu spannend; ich spüre, dass es um etwas aus dem Leben der Erwachsenen geht, um etwas, zu dem ich keinen Zugang habe. „'tschuldigung", sage ich und lege ihr noch eine bestickte Kappe auf den Kimono.

„Mein jetziger Vater hat meine Mutter geheiratet, als ich schon in ihrem Bauch war."

„Hat deine Mutter vorher einen kirgisischen Mann geküsst?"

„Ich weiß auch nicht so genau. Mama hat mir nur erzählt, dass mein Vater Kirgise ist und dass sie ihn nicht geliebt hat, dass sie mich aber haben wollte. Mein jetziger Papa liebt meine Mama so sehr, dass er mich gleich mit liebt." Regina lächelt so glücklich, dass ich sie auf einmal beneide. Ich weiß gar nicht, was Liebe ist.

„Woran erkennst du denn, dass sich deine Eltern lieben?"

„Na, dass sie sich immerzu küssen und nicht miteinander schimpfen."

Meine Eltern küssen sich nicht, und schimpfen tun sie nur mit uns Kindern. Ich überlege, ob ich das Regina erzählen soll, da springt sie schon von Dachbodenecke zu Dachbodenecke und ruft: „In allen vier Ecken soll Liebe drin stecken."

Dann kommt sie wieder auf die Decke, nimmt mich in die Arme und sagt: „Brigitte, du Glückskind, ich hätte auch so gerne einen Dachboden. Hier würde ich mich viel lieber mit dir treffen als in deinem Zimmer, wo uns dein Bruder immer stört."

Kaum hat sie es gesagt, hören wir Friedrich rufen.

„Brigitte, Brigitte", schallt es durch das Haus.

„Mein Bruder stört überall", sage ich resigniert.

Dann sehen wir, wie er seinen Kopf durch die Luke steckt. Unsere erste Freundinnenstunde auf dem Dachboden ist beendet.

Nach dem Abendessen trockne ich in der Küche das Geschirr ab. Auf einmal will es aus mir heraus.

„Streng genommen ist Reginas Vater gar nicht ihr Vater", sage ich, ohne meine Mutter anzuschauen.

Blitzschnell dreht sie sich um, und ihre Hand klatscht in mein Gesicht.

„Sage so etwas nie wieder, hörst du. Nie wieder!"

Mit brennendem Gesicht verlasse ich die Küche.

Das Hotel war nicht weit entfernt von Husum. Regina erwartete mich im kleinen Empfangsraum. Sie hatte drehfrei.

Eine freundliche, schnelle Umarmung zur Begrüßung.

Die Fremdheit, die ich spürte, ließ mich, die sonst immer irgendetwas zu schnacken hatte, verstummen. Mein Mund war trocken, und anstatt durchzuatmen, hielt ich unwillkürlich die Luft an. Reginas Blick wirkte auf mich seltsam neutral; ich versuchte mit den Augen die alte Verbindung aufzunehmen, die einmal zwischen uns bestand.

Dann kam die Empfangsdame und führte uns in eine kleine Sitzecke, geschützt durch einen Gummibaum und einen aus Weiden geflochtenen Paravent. Anschließend brachte sie die bestellten Getränke und einen Aschenbecher. Als sie leise verschwand, war die Zeit, die wir uns zum Austausch von Blicken gegönnt hatten, aufgebraucht.

Regina nahm die Arme hoch, legte den Kopf in ihre Hände und lächelte mich an. Ein wenig provozierend, wie ich fand. Anschließend entspannte sie ihren Körper, beugte sich zu mir herüber und sagte aufmunternd: „Nun stell schon deine Frage!"

Ich zog an meiner Zigarette, und während ich den vielen kleinen Kringeln nachschaute, die ich ausblies, spürte ich ein Unwohlsein, einen Druck in der Magengegend. Dann folgte meine Frage; fast wie eine Attacke.

„Warum dein wortloser Abschied, warum einundzwanzig Jahre Schweigen?"

„Friedrich", war ihre Antwort.

Ich schaute sie verblüfft an.

„Ich verstehe nicht, was mein Bruder mit unserer Freundschaft zu tun hat."

Regina schickte einen Blick über den Tisch, dass mir ganz anders wurde. So etwa, wie es in meinen Lieblingskrimis beschrieben steht, wenn davon die Rede ist, dass jemandem das Blut in den Adern gefriert. Ja, so ähnlich war mir zumute.

„Nein!", rief ich. „Du willst doch nicht behaupten ..."

„Doch, er hat's versucht. Ich wollte aber nicht wie meine

Mutter zum Opfer werden. Ich habe mich gewehrt."

Regina lächelte so stolz, als erzählte sie mir gerade vom Gewinn eines Filmpreises. Plötzlich erinnerte ich mich an einen Sommerabend, an dem meine Mutter aufgeregt erzählt hatte, dass Friedrich in eine Keilerei geraten sei; er habe furchtbare Unterleibsschmerzen, da er dorthin einen Tritt bekommen habe. Am nächsten Morgen kam er gebeugt an den Frühstückstisch, mit einem blutig zerkratzten Gesicht.

Ich weiß noch, wie irritiert ich gewesen war und mein Bruder mir keine Antwort gegeben hatte, als ich ihn fragte, seit wann sich Kerle gegenseitig das Gesicht zerkratzten.

„Du warst es also, die ihn in den Unterleib getreten und das Gesicht zerkratzt hat, es gab gar keine Keilerei", ließ ich meine Gedanken laut werden.

„Genau", bestätigte Regina, „und an diesem Sommerabend ist mir einiges klar geworden. Wobei wir wieder bei deiner Eingangsfrage wären. Es waren noch vierzehn Tage bis zur Ausgabe der Abiturzeugnisse, diese Zeitspanne musste ich durchhalten."

„Warum hast du Friedrich geschont?"

„Geschont? Ich denke, dank meiner Abreibung wird er nicht so schnell wieder versucht haben, einer Frau Gewalt anzutun. Und wenn du an Polizei denkst ... bitte, Brigitte, sei nicht so naiv!"

Ich hätte am liebsten die Pause-Taste gedrückt. Mein Kopf schwirrte von der Ungeheuerlichkeit, die ich eben erfahren hatte.

„Ich habe das Gefühl, ich muss raus, mich bewegen. Komm, wir laufen runter zum Schobüller Strandbad."

Regina war einverstanden. Wir zogen unsere Jacken an, um uns vor dem aufkommenden Sturm zu schützen, und ich ließ mir die ersten Meter nur den Kopf frei blasen, bevor ich die nächste Frage stellte:

„Wie fühlt es sich an, wenn man derart radikal der Heimat und den Menschen, die dort leben, den Rücken kehrt?"

Regina blieb abrupt stehen und schaute mich erstaunt an.

„Ich habe Kielsbüll nie als meine Heimat angesehen."

„Aber wo ist denn deine Heimat?"

„Nirgendwo."

„Jeder Mensch hat eine Heimat, Regina."

„Jeder Mensch kann einen Ort nennen, wo er geboren ist. Aber Heimat ist mehr. Dazu gehört eine Verbundenheit, ein Gefühl.

Ich sag's mal ganz schlicht: Um ein Heimatgefühl entwickeln zu können, hätte ich einen Dachboden gebraucht, auf dem meine Familie ihre Vergangenheit lagert. Stattdessen habe ich kirgisische Augen, die mich bei jedem Blick in den Spiegel erinnerten, mir besser meinen Platz außerhalb von Kielsbüll zu suchen. Diesen Platz habe ich in Berlin gefunden."

Ich verstand Reginas Antwort als Abrechnung.

„Was sagst du da? Habe ich mich nicht immer vor dich gestellt? Habe ich nicht jedem die Meinung gesagt, der dich wegen deiner Augen gehänselt hat? Und als die Elke, die blöde Kuh, dir gesagt hat, dass du ein Bastard bist, wer hat die Elke verprügelt?"

Ich war so aufgeregt, dass sich meine Stimme überschlug.

„Liebste Brigitte, ich weiß das doch. Du hast dich immer vorbehaltlos für mich eingesetzt, doch seit meiner Pubertät wurde mir deutlich, welch Fremdkörper ich im wahrsten Sinne des Wortes für Kielsbüll war. Dazu kam, dass ich es kaum aushalten konnte, dass das ganze Dorf anscheinend wusste, dass ich durch eine Vergewaltigung entstanden bin. Damals war mir noch nicht klar, wie viele Frauen am Ende des Krieges das gleiche Schicksal wie meine Mutter erleiden mussten; als sich die Soldaten der Siegermächte auf sie gestürzt hatten und Babys zeugten, die nicht alle das Glück hatten, so vorbehaltlos von ihrer Mutter geliebt zu werden, wie ich es erfahren durfte. Trotzdem hatte ich tief in mir drin das Gefühl, dass irgendetwas mit mir nicht in Ordnung sei.

Und was dich angeht, liebe Brigitte, schäme ich mich dafür, dass ich verdrängt hatte, wie sehr ich doch deine Freundschaft mit Füßen getreten habe."

„Ist schon gut, Regina, mein Gott, ich bin gerade schockiert!", entfuhr es mir. „Darüber habe ich nie nachgedacht, dass du dich so fremd gefühlt hast. Ich war auf einem vollkommen anderen Dampfer. Meine Fantasie ging eher dahin, dass du mir nicht verzeihen konntest, dass ich mit Bernhard etwas angefangen hatte, den du ja auch aus dem Heimattheater kanntest und, glaub ich, auch ganz nett fandst."

„Ach, der Bernhard ...", sagte Regina. In meinen Ohren hörte es sich ein wenig abschätzend an.

„Pass auf, was du sagst, ich bin mit dem Mann verheiratet …"

Ich drohte Regina mit dem Finger und versuchte einen schelmischen Blick, doch insgeheim hatte ich Sorge, dass Regina mir erzählen würde, dass Bernhard eigentlich in sie verliebt gewesen war. Regina zeigte auf einen unverschlossenen Strandkorb. Wir setzten uns beide hinein und waren froh, nun einmal nicht gegen den Wind ansprechen zu müssen.

„Weißt du, vielleicht habe ich es mir auch unbewusst verboten, mich in einen aus Kielsbüll zu verlieben", sagte Regina nachdenklich. „Ich habe erst vor einem Jahr eine Therapie begonnen, und so nach und nach wird mir manches klar. Meine wichtigste Erkenntnis war, dass man seine Wurzeln nicht verdrängen sollte, doch man muss sie auch nicht lieben. So weit zu meinem Erzeuger. Was Kielsbüll angeht, kann ich sagen, dass ich auf alle Fälle weggegangen wäre. Auch wenn das nicht mit Friedrich passiert wäre, auch wenn ich nicht den Schauspielerberuf ergriffen hätte, ich hätte es in Kielsbüll nicht ausgehalten. Es war mir irgendwann zu viel mit eurem Heimatgefühl."

„Mich hat es nicht traurig gemacht, dass du weggegangen bist, sondern wie du gegangen bist."

Regina schaute mich an, und für einen kurzen Augenblick sah ich wieder das kleine Mädchen mit den glänzend schwarzen Haaren und den kirgisischen Augen. Regina nahm mich in den Arm und flüsterte: „Danke, für das Stück Heimat auf eurem Dachboden, danke für deine Freundschaft. Es tut mir so leid, dass ich dir wehgetan habe."

Ich fühlte eine ungeheure Erleichterung nach Reginas

Worten, auch wenn mir gleichzeitig klar wurde, dass ich immer mehr an Gefühl in die Freundschaft gelegt hatte, als es Regina vielleicht möglich gewesen war.

„Ach Regina, all die Jahre war es für mich so, als ob da ein Buch auf meinem Tisch liegt, das zum Schluss nur noch weiße Seiten hat. Ich konnte es nicht zuklappen und weglegen. Das kann ich nun hoffentlich nach unserem Gespräch." Ich schaffte ein zaghaftes Lächeln.

Nach einer Weile gingen wir eingehakt, gegen den Sturm ankämpfend, zurück zum Hotel.

Karaoke für Brisbane

Wenn sie anders gepolt wäre, hätte sie cool reagieren können. Doch sie weiß ja gar nicht, wie cool geht.

„Die mit der alten Fresse kann doch keine Sachen aus Grease singen", hatte Blinki zu Seven gesagt. Sie hatte es gehört.

Grease ist ihre Spezialität. Sie liebt es, die Songs aus ihrem Lieblingsfilm zu performen.

Jetzt steht sie vor dem fleckigen Spiegel auf der Damentoilette und schaut sich beim Weinen zu. Ihre Zöpfe mit den pinkfarbenen Schleifen hat sie gelöst.

Blinki hatte auf ihre Zöpfe gezeigt, bevor sie die Klotür zugeknallt hat. „Mensch, Alte, mach hier doch keinen auf Kindfrau!"

Ich habe eine Top-Figur, denkt sie. Blinki könnte nicht meine kurze Latzhose tragen. Sie reißt ihre Leo-Gürteltasche auf und sucht die Abschminktücher. Ratsch, ratsch, ratsch, fährt sie sich übers Gesicht; sie benötigt fünf Tücher. Dann strampelt sie sich aus der kurzen schwarzen Latzhose mit der roten Zunge vorne drauf, schließlich liegen noch die teure, silbrig schimmernde Strumpfhose und ihre hochhackigen Pumps auf dem schmutzigen Toilettenboden. Schnell die Jeans und die Sneakers aus dem Beutel gefischt, ihre Auftrittssachen werden im Beutel verstaut, die weiße Carmenbluse lässt sie an. Dann schnäuzt sie kräftig in ein paar Toilettenpapierblätter, atmet tief durch und sagt trotzig: „Leckt mich doch alle mal am Arsch!" Sie stolpert aus der Damentoilette, hält sich im letzten Moment an einem riesigen Cowboyhut fest.

„Hey Mädschen", sagt der Mann unter dem Hut. „What happened?" Sein Bauch schwabbelt.

„Wie alt schätzt du mich?" Sie stellt sich vor dem Cowboyhut in Pose.

„Come on, fuck off your birthday!" Er packt sie an den Schultern, schiebt sie vor sich her zu der langen Theke und bestellt zwei Gin Tonic.

„Tony", sagt er und hebt sein Glas. „Als ich hier vor zwanzig Jahren abgehauen bin, hieß ich noch Tünn."

„Aus Köln abhauen, ja das will ich auch immer mal wieder. Vielleicht kannst du mir erklären, wie man das macht; ich meine so Schritt für Schritt."

Obwohl sie eigentlich nach Hause will, schwingt sie sich neben dem Mann auf den Barhocker und bleibt mit ihrer Leo-Gürteltasche hängen, ihre Schminkutensilien ergießen sich auf den Boden. Mist, denkt sie, ausgerechnet jetzt. Doch Tony kriecht mit ihr schon über den Boden, um unter dem Gelächter der Umstehenden beim Einsammeln zu helfen.

„Das Zeug brauchst du doch gar nicht", sagt er lächelnd. „Wie heißt du eigentlich?"

„Pamela", sagt sie, als sie sich aufgerappelt hat und ihm zuprostet.

„Was ist dein Problem, Pam?"

„Problem?", fragt Pamela, lacht hektisch und möchte am liebsten wieder auf die Toilette zurück, um sich dort zu schminken. Ihr ungeschminktes Gesicht passt nicht hierher. „Ich habe kein Problem, ich will mich amüsieren."

„O. K., bin froh, dass du kein Problem hast. In Australia interessiert niemanden ein fucking Alter. Nur das, was du tust."

„Ach, was ich tue", seufzt Pamela und schaut Tony an. Sein warmer, aufmunternder Blick ist der Schlüssel zu ihren Gefühlen. Kaum aufgeschlossen, sprudeln die Worte nur so aus ihr heraus.

„Ich bin vierzig, und jeden verdammten Samstag komme ich ins Beverly und singe Karaoke. Singen ist das, was ich kann und was ich tun will. Allerdings, um meine Miete zahlen zu können, arbeite ich bei Ford im Lager. Ich fühle mein Alter nicht. Vielleicht ist das ja eine Krankheit, dass ich mich nicht erwachsen fühlen kann. Bislang hat sich Seven, der Besitzer hier vom Laden, nie eingemischt, aber jetzt steht der auf Blinki, die hier auch singt und mich aus unserem Grease-Programm kicken möchte ..."

„Fein, dass du mir noch einmal erklärt hast, dass du kein Problem hast, Pam. Deswegen sing was, my girl, sing es nur für mich."

Tony hebt sie vom Barhocker.

Der versteht mich, denkt Pamela, während sie die Bühne hinaufsteigt und Seven mitteilt, welches Playback sie benötigt. Dann singt sie „Stand by your man" von Tammy Wynette. Sie braucht nicht auf den Text zu schauen, den kennt sie in- und auswendig. Sie singt es meistens, wenn sie mit irgendwelchen Typen zusammen ist, die ihr nicht guttun, wenn sie weiß, dass sie diese Beziehung beenden müsste, bevor sie vor die Hunde geht. Dann singt sie sich mit diesem

Song Mut zu: „You'll have bad times and he'll have good times, doing things that you don't understand."

Doch heute ist es anders. Sie singt es für Tony; sie singt es, weil sie daran glauben möchte, dass nicht alle Männer Arschlöcher sind. Sie singt es, weil sie sich fühlt wie Sleeping Beauty, die den Männern ein Lied widmet: Wenn du mich erweckst, werde ich zu dir stehen, egal welchen Scheiß du auch bauen wirst.

Sie bekommt viel Beifall, wie immer. Tony aber tritt ganz nah an die Bühne. Er hält etwas in der Hand. Er drückt ab. Es ist eine Konfetti-Kanone. Goldener Flitter ergießt sich über sie, so als hätte sie bei „Wer wird Millionär" die Million gewonnen.

„Good job, Goldmarie", sagt er und hilft ihr auf den Barhocker. Dann geht er zu Seven, der gerade am Musikpult abgelöst wird. Der trägt nur Camp-David-Hemden, slim fit, die spannen über seinem Bauch; und viele Totenkopfringe; vergisst aber oft wegen des Stresses, die ihm seine sieben Läden machen, seine langen, schütteren Haare zu waschen. Jetzt steht er da mit Blinki im Arm und hört zu, was der Cowboyhut zu sagen hat. Blinki klatscht vor Vergnügen in die Hände und lacht, sodass die kleinen Swarowski-Steine in ihren gebleachten Zähnen zu sehen sind.

Tony kommt zurück zu ihr und sagt, dass er ein bisschen Livemusik machen wird. Beiläufig fragt er sie, ob sie „Always on my mind" kennt.

„Klar", antwortet sie und will ihm noch viel Glück wünschen, doch ihre Augen füllen sich mit Tränen, und sie weiß nicht, warum. Ich sollte wirklich nach Hause fahren, denkt sie.

Heute wird das nichts mehr mit mir. Sie geht in den Toilettenraum und betrachtet sich im Spiegel. Nebenan beginnt Tony mit seinem Live-Auftritt. Jonny Cash, „Walk the line". Sie denkt an Cashs Frau, June Carter. Wenn ich so stark wäre wie die ... Sie macht sich einen Pferdeschwanz, der ganz oben am Hinterkopf sitzt und betrachtet ihr ungeschminktes Gesicht.

So sieht kein Star aus, definitiv nicht. Mein Zug ist eh schon abgefahren, sagt sie sich und weiß, dass es ihr in ihrem trostlosen Zuhause nicht besser gehen wird. Sie hört, wie sich Tony auf der Gitarre begleitet: „The Gambler". Sie hat in ihrem Leben alles auf Nummer sicher gesetzt. Trotzdem hat sie diejenigen bewundert, die sich was trauten, die dem Leben zuriefen: Alles auf eine Karte! Zu spät! Sie geht noch einmal zur Theke zurück, um Tony wenigstens ihre Handynummer auf einen Bierdeckel zu schreiben. Man weiß ja nie ... Wow! Der singt wirklich gut!

Sie will ihm zum Abschied noch kurz zuwinken, doch er fixiert sie mit seinen Augen und bedeutet ihr mit einer kurzen Handbewegung, auf die Bühne zu kommen. Sie zögert. Einige Besucher beginnen, ihren Namen zu rufen. Er geht zum Mikro: „Liebes Publikum, jetzt werde ich Pam einfangen." Er schwingt ein imaginäres Lasso, tut so, als ziehe er sie auf die Bühne. Der kommt auf Ideen, denkt sie und macht mit bei diesem Spiel. Für ihre Traurigkeit das Signal, sich weiter in ihr Inneres zu verziehen.

„Pam kennt ihr ja alle. Sie wird jetzt mit mir ‚Always on my mind' performen."

Der Saal johlt. Seven schaut zu ihr herüber, den rechten Daumen nach oben.

Tony flüstert ihr zu, dass sie die Strophen abwechselnd singen. Er zählt ein.

Es fühlt sich so an, als hätten sie schon hundert Mal zusammen gesungen. Im Raum verstummen die Gespräche. Feuerzeuge gehen an. Seven und Blinki tanzen Klammerblues. Unfassbar. Beim letzten Ton ein paar Sekunden Stille. Dann hüllt der Applaus sie ein wie eine warme Decke.

„Wir machen noch einen", flüstert der Cowboyhut, „schlag du etwas vor."

„Patsy Cline, Crazy", sagt sie. „Kennst du das?"

„Yep, du beginnst mit der Strophe", antwortet er.

„Crazy, I'm crazy for feeling so lonely, I'm crazy, crazy for feeling so blue …"

Ihr braucht niemand zu sagen, dass man einen Song fühlen muss. Sie fühlt jedes Wort, das sie singt. Heute ist es mit Tony noch intensiver. Sie spürt eine Beschwingtheit, der sie noch misstraut, doch sie gibt ihren Kopfbewohnern heute keine Chance, sie zu quälen. „Wer bist du denn?", hört sie die Stimmen meist nach ihren Auftritten flüstern, „kein Mensch will wissen, wer du wirklich bist."

Heute liegt ein warmer Arm um ihre Hüfte. Sie verbeugen sich gemeinsam. Seven eilt zu ihnen und ruft: „Wie geil war das denn! Ich glaube, ich mache aus dem Beverly einen Live Club."

Blinki kommt auch zu ihr. „Sage ich doch, das passt doch viel besser zu dir als Grease."

Seven spendiert ihnen einen Drink. Tony stößt mit ihr an. „Mädschen, du bist wirklich gut, du bist sehr gut.

Du wolltest den ersten Schritt wissen, den du tun musst, um abzuhauen? Willst du ihn immer noch wissen?"

Pamela beißt sich auf die Unterlippe. Sie nickt; eher unentschlossen.

„Du gehst zu deinem Chef und bittest ihn, dir ab Mitte Dezember vier Wochen Urlaub zu geben. Ich kaufe dir morgen ein Flugticket nach Brisbane, und du singst bei mir in meinem Laden."

Ihr Herz klopft bis zum Hals. Wollte da einer, dass sie alles auf eine Karte setzt?

„Flugticket hin und zurück?", fragt sie bang.

„Flugticket hin und zurück", antwortet Tony lächelnd und hält ihr die rechte Hand hin.

Sie schlägt ein.

Rolle rückwärts

Simone saß fassungslos an ihrem Esstisch. Ihr Bedürfnis, mit ihrem Mann Rolf über Tochter Carolin zu sprechen, war in einem Eklat geendet. Simone ärgerte sich schon lange darüber, dass ihre Tochter ständig das Weibchen spielte; außerdem hatte sie bei ihr einen Vaterkomplex diagnostiziert. Die Diagnose war ca. ein Jahr alt; seit dieser Zeit war ihre Tochter mit einem fünfzehn Jahre älteren Mann zusammen. Rolf unterstellte ihr sogleich weibliches Konkurrenzdenken. Konnte man es ihr dann verdenken, dass sie während der Diskussion unsachlich wurde? Rolf war türenknallend geflohen.

Simone klappte ihren Laptop seufzend zu, stand auf, um am Küchenschrank vier Schubladen nacheinander aufzuziehen. Sie wusste, dass Rolf dort Zigaretten versteckte. Jetzt bräuchte sie auch eine. Als sie fündig geworden war, wollte sie mit ihrer Beute auf der Terrasse verschwinden. Da ging die Türglocke. Mit einem Blick durchs Flurfenster sah sie das rote Cabrio. Sie nahm einen tiefen Atemzug und öffnete die Tür.

„Hallo Carolin, du hast deinen Besuch gar nicht angekündigt. Ist was geschehen?"

„Was heißt geschehen? Ich wollte dir das, was ich zu erzählen habe, lieber persönlich erzählen."

„Jetzt bin ich aber gespannt …"

Carolin behielt ihren Trenchcoat an und ging mit Simone in die Wohnküche. Dort streifte sie ihren Handschuh von der linken Hand und streckte die Hand ihrer Mutter entgegen.

„Ah, du hast dir einen Ring gekauft ...", meinte Simone und schämte sich sogleich.

„Mammaaaa! Jan hat mir am Wochenende einen Antrag gemacht; wir haben uns verlobt."

„Findet ihr das nicht ein wenig lächerlich? Du bist achtundzwanzig, Sprecherin der Bundesanwaltschaft, hast du es nötig, dich über Rituale aus den Fünfzigern zu definieren?"

„Boah, Mama, ich wusste es! Lass doch mir gegenüber einmal den ganzen Ideologiescheiß sein und freu dich, dass ich den Mann fürs Leben gefunden habe!"

„Darum geht es doch gar nicht. Ich habe für all das, was für dich als Frau heute selbstverständlich ist, in den Siebzigerjahren gekämpft. Du bist ja leider nicht die Einzige, die auf diesen Romantikkram hereinfällt. Hochzeiten werden immer pompöser, Ehepaare sind schon längst wieder getrennt und zahlen immer noch für ihre Hochzeit ab. Ich hoffe nur, du wirst so schlau sein und auf einen Ehevertrag bestehen."

„Niemals würde ich das! Ich weigere mich einfach, die Liebe abzusichern. Außerdem habe ich mit keinem Wort gesagt, dass wir pompös heiraten wollen, und schon gar nicht, dass wir eine Hochzeit auf Pump wünschen."

„So, du willst also ohne einen Ehevertrag heiraten. Du willst aber auch Kinder. Ist dir klar, dass du dann mit einem Dreijährigen schon ganztags arbeiten musst, wenn dich dein Jan verlässt?"

„Jetzt ist mir klar, warum Papa sich eine Zeit lang von dir getrennt hat, du argumentierst ja schlimmer als jede Kampflesbe."

Simone zuckte zusammen, als hätte Carolin sie geohrfeigt. Trotzdem bemühte sie sich um Haltung.

„Schade, wenn dir keine Argumente mehr einfallen, wirst du verletzend. Dein Vater hat früher ebenso wie ich gegen alte Konventionen gekämpft und wollte nie das Heimchen am Herd. Ich weiß, dass er genauso denkt wie ich."

„Wie kommst du bloß darauf, dass ich das Heimchen am Herd bin? Und wie kommst du darauf, dass Papa genauso denkt wie du? Du weißt anscheinend gar nicht, dass Jan natürlich bei Papa um meine Hand angehalten hat und dass Papa sich sehr wertgeschätzt gefühlt hat."

„Gott, bist du böse!" Simone zündete sich noch in der Küche mit zittriger Hand die Zigarette an und lief auf die Terrasse. Dort hörte sie, wie die Haustür ins Schloss fiel und das Cabrio vom Hof fuhr.

„Hätte ich doch einen Sohn!", schrie sie hinter Carolin her und biss sich sofort schuldbewusst auf die Lippen. Nein, sie wollte sich nicht schuldig fühlen! Warum sperrte sie ihre Wut immer ein? Warum musste sie immer vernünftig sein, und die anderen erlaubten sich Unvernünftiges? Warum war anscheinend alles, was sie tat und dachte, für ihre Mitmenschen zu dogmatisch, warum bezeichneten Kollegen sie als Moralistin? War es falsch, für Prinzipien einzutreten?

Sie schlüpfte in ihre Gummistiefel, griff sich einen Spaten und begann, in wahnwitziger Geschwindigkeit am hinteren

Ende des Grundstückes ein Gartenstück umzugraben. Schweiß und Tränen vermischten sich in ihrem Gesicht mit kleinen Lehmstückchen, die beim hektischen Graben nach oben spritzten und von Simone mit einer schnellen Handbewegung im Gesicht verschmiert wurden. Sie hatte schon jegliches Zeitgefühl verloren, als sie ein Wispern und ein Lachen hörte. Müde und abgekämpft stützte sie sich auf den Spaten und versuchte in der aufkommenden Dämmerung etwas zu erkennen. Durch die fast schon kahle Buchenhecke starrten sie Gesichter an; Mädchengesichter. Mädchen mit langen blonden Haaren, Mädchen in Jungenkleidung, Mädchen mit strubbeligem Kurzhaar und Mädchen übersät mit Sommersprossen, die ihr eine lange Nase machten. Alle lachten. Zeigten auf sie. Simone griff nach dem Spaten; weg mit den Gesichtern! Sie drosch mit dem Spaten auf die Hecke ein, dass die Äste nur so flogen; die Gesichter zeigten keine Angst, im Gegenteil. Mit ihren Händen versuchten die Mädchen, die Löcher in der Hecke zu erweitern, um auf das Grundstück zu gelangen. Nur ein Mädchen machte gar nichts. In ihrem weißen Mäntelchen stand es mit dem Rücken zu ihr. Langsam drehte es sich um. Simone erschrak. Das war ja sie! Sie als kleines Mädchen. Wie sie da stand, so hilflos, die dünnen Haare angeklatscht und mit Klämmerchen gebändigt. Bevor sie ihrem Impuls, dieses Mädchen zu beschützen, nachkommen konnte, bildeten die anderen einen Kreis um das Kind im weißen Mäntelchen, und mit einem heftigen Luftzug verschwanden alle.

Als Rolf mehr als eine Stunde später auf der Terrasse erschien, hatte Simone die Gartenbeleuchtung eingeschaltet.

Sie stand schmutzig und verschwitzt am Gerätehaus und klopfte den Lehm von ihren Gummistiefeln.

„Bist du denn von Sinnen!", schrie Rolf. „Was stellst du bloß mit unserem schönen Garten an?"

Simones Stimme klang merkwürdig heiser. „Ich habe Bärenkräfte und mache kaputt, was mich kaputtmacht."

Sie hob den Spaten an und drosch auf die spröden Zweige der Lärche ein; Rolfs Lieblingsbaum. Krachend brachen Zweige ab, und obwohl die nächsten Häuser in einiger Entfernung standen, gingen etliche Fenster auf.

Rolf schritt langsam auf seine Frau zu. Sie hörte ihn mantramäßig „alles wird gut" murmeln, wobei sie nicht genau wusste, ob er sich selbst oder ihr Mut zusprechen wollte. Bei ihr angekommen, wischte er ihr die Erde vom Gesicht.

„Camouflage einer Straßenkämpferin", sagte er leise und nahm ihr den Spaten weg. Er ließ ihn auf den feuchten Gartenboden fallen und zog Simone in seine Arme, ohne etwas zu sagen. Seine Lippen berührten ihre blonden Haare, die mit zahlreichen Silbersträhnen durchzogen waren.

„So aufgelöst habe ich dich noch nie erlebt, was ist bloß geschehen mit dir", flüsterte er und schaukelte Simone in seinen Armen sanft hin und her, während sie seine Schulter so nass weinte, als hielte er ein sabberndes Baby in seinen Armen.

„Alles Mädchengesichter", murmelte sie. „Alles Mädchengesichter und ich das Opfer mittendrin."

„Du bist überarbeitet, mein Schatz, willst du mir nicht erzählen, was dich komplett aus der Fassung gebracht hat?"

Mit einem heftigen Ruck befreite Simone sich.

„Du Verräter! Wieso hast du mir verschwiegen, dass Jan um die Hand unserer Tochter angehalten hat? Wieso kannst du es gutheißen, dass unsere Tochter als Frau eine Rolle rückwärts macht?"

„Ach, das ist es also! Simone, ich habe als Vater gehandelt, nicht als Wächter der 68er. Jede Zeit hat ihre Rituale, und die jungen Leute haben heute – anscheinend als Kontrapunkt zu unserer hoch technisierten Zeit - diesen Hang zur Romantik. Lass uns ins Haus gehen. Wir sind bestimmt für unsere Nachbarn ein gefundenes Fressen ... Ich habe keine Lust, morgen in der Zeitung zu lesen ‚Gleichstellungsbeauftragte rastet in ihrem Garten aus' oder so ähnlich. Geh duschen, dann gehen wir zum Italiener, und dort reden wir."

Simone ging nicht duschen; sie ließ sich ein Bad ein. In der Badewanne konnte sie besser nachdenken. Nachdenken hatte jetzt Priorität. Schonungsloses Nachdenken, wie sie selbst immer zu sagen pflegte. Ohne sich selbst zu schonen, war damit gemeint.

Irgendwann weichte dank der bunten Badeperlen die Gedankenwelt der Gleichstellungsbeauftragten ein wenig auf, und Simone erlaubte sich schlicht mütterliche Gedanken. Sie wickelte sich in ihren Bademantel, eilte in die Küche, um Rolf zu signalisieren, dass sie nun bald bereit sei für das Gespräch beim Italiener. In der Küche saß Carolin.

„Wollen wir reden, Mama?", fragte sie mit bangem Blick.

„Aber nur, wenn wir uns gegenseitig versichern, dass wir es mindestens eine Stunde miteinander aushalten, ohne zu fliehen", antwortete Simone und bemerkte, dass ihr schon wieder die Tränen kamen. „Sorry, heute könnte ich dauerweinen."

„Ich glaube, da bin ich nicht ganz unbeteiligt", sagte Carolin und zog Simone zum Sofa hin.

„Ich hatte ganz vergessen, dass ich als Kind ein weißes Mäntelchen trug", sagte Simone gedankenverloren und kuschelte sich an ihre Tochter.

„Papa ist mit Jan schon beim Italiener, wir sollen nachkommen", verkündete Carolin und schlüpfte in ihre hochhackigen Pumps. Simone verkniff sich mit Blick auf diese Schuhe und das dazugehörige Handtäschchen ihren süffisanten Kommentar, nahm sich aber vor, Jan ungefragt ihren Segen zu geben.

Soul divide

Mit einer Flasche Crémant kann man nichts falsch machen, hatten Marcs Freunde gesagt, als sie ihn überreden konnten, sich als Zugezogener bei seinen Nachbarn vorzustellen.

Obwohl ihm solche Aktionen eher unangenehm waren, ging er nun mit einer Flasche unter dem Arm zu der Tür mit dem Namensschild „Meyer" und klingelte. Es dauerte eine Weile, bis sich die Türe öffnete, und dann standen zwei absolut gleich aussehende Frauen, rothaarig, das Gesicht voller Sommersprossen – er schätzte sie so Anfang dreißig –, vor ihm. Er wurde überschwänglich begrüßt und gleich hineingebeten. Die sind nervig, wusste er im gleichen Moment. Seine erste Prüfung bestand darin, die Contenance zu bewahren, als die Frauen ihre Vornamen nannten. Lone und Lyness! Wer machte denn so etwas?

Die beiden Frauen fragten ihn noch im Eingangsbereich ihrer Wohnung nach seinem Leben aus; während er umständlich und ausweichend nach Antworten suchte, waren sie schon bei der nächsten Frage.

„Ach, das ist aber schön, dass du vorbeikommst."

„Hast du eine Frau?"

„Was, du lebst alleine?"

„Nein, das glauben wir nicht, dass so ein gut aussehender Mann alleine lebt!" Gelächter. Finger drohen.

„Komm, gib es zu, du hast einen schlechten Charakter."

„Ach, hör nicht drauf, was meine Schwester da sagt!" Gemeinsames Gekicher.

Es gab auch Versuche, ihm lachend Antworten in den Mund zu legen oder über ihn anstatt mit ihm zu reden, während er wie ein begossener Pudel neben ihnen stand und dachte, dass er wohl gerade den beschissensten Sonntagnachmittag der letzten Jahre vor sich haben würde. Wollten die ihn verarschen? War er unbeabsichtigt in eine Performance geraten? Frauen waren eh nicht so sein Ding, und er sah sich nicht in der Lage, diesem unaufhörlichen Plappern etwas entgegenzusetzen. Einen Tag mit denen käme Folter gleich, dachte er und wusste sofort, dass er zu Hause fünf Euro in die Spardose namens „Frauenfeind" stecken würde, um sich für diesen Gedanken zu bestrafen. Seine letzte Spende ging – als er die volle Spardose geleert hatte - an die örtliche Frauenberatungsstelle.

Er hob vorsichtig die Hand. Mein Gott, wie ein Schüler, dachte er im gleichen Moment und schämte sich.

„Ich habe noch etwas vor", sagte er mit dünner Stimme und hatte schon die Klinke der Eingangstür in der Hand.

„Ne, ne, mein Lieber, so schnell lassen wir dich nicht gehen! Das kannst du uns unmöglich antun, sich so schnell verdrücken zu wollen."

Er wurde ins Wohnzimmer geschoben, wo seine Nachbarinnen sich gerade Filme aus ihrer Kindheit in den USA anschauten. Sie luden ihn ein, sich dazuzusetzen, und ehe er sichs versah, machte er einen schlimmen Fehler: Er nahm zwischen Lone und Lyness Platz. Beide kreischten gleichzeitig auf und feuerten gemeinsam gesprochen eine Erklärung ab: Niemals dürfe jemand zwischen ihnen sitzen, das könnten sie nicht ertragen, sorry, das wäre nun einmal so. Marc konnte ihnen nicht mehr folgen; das war ja die Hölle! Schweißtropfen liefen an seinen Schläfen hinunter und sammelten sich in seinem gepflegten Hipster-Bart. Peinlich berührt entschuldigte er sich und schickte ab diesem Zeitpunkt ein Stoßgebet zum Himmel, dass sein Handy klingeln möge und er damit einen Grund geliefert bekäme, sich schnellstmöglich zu verabschieden. Doch nichts dergleichen geschah. Nightmare on a sunday afternoon, schoss es ihm durch den Kopf, und ein paar Sekunden glaubte er tatsächlich, er sei in einem bösen Traum gefangen.

Stattdessen wurde er in rasanter Geschwindigkeit in die Kindheitsjahre der beiden Frauen eingeführt, in dem sie die angefangenen Sätze von der jeweils anderen beenden ließen. Während die DVD Bilder aus Kindheitstagen in Tacoma, Washington State, zeigte, erfuhr er binnen Minuten traumatische Details dieser Kindheit.

Ihre Mutter war schon psychisch krank gewesen, als sie auf die Welt kamen. Zwei Mädchen aus einem Ei. Ihr deutscher Vater hatte zu dem Zeitpunkt nicht geahnt, dass er mit seinen Töchtern zurück nach Deutschland kommen würde; vielleicht hätte er sich mehr widersetzt, als seine Frau darauf bestanden hatte, die Mädchen Lone und Lyness zu nennen. Sie hatte ihm erklärt, dass sie sich immer eine Tochter namens Lone gewünscht habe, da sie das einzige Kind bleiben sollte. Da sie nun zwei Töchter bekommen habe, wäre ihr für die zweite der Geburtsort ihrer Mutter eingefallen, die von einer schottischen Insel namens Lyness stamme.

Als die Kinder acht Jahre alt waren, brachte Mrs. Meyer sich um.

Welch dramatische Erfahrung, dachte Marc, doch die beiden erzählten schon von der Entscheidung ihres Vaters, nach Deutschland zurückzugehen.

Lone und Lyness fürchteten sich nicht davor, denn sie hatten ja sich; sich und ihre Wachsmalstifte und ihren Tuschkasten.

Nelly, ihre Hippie-Nachbarin in Tacoma, hatte sie gelehrt, bei den Farben genau hinzuschauen. Sie gab ihnen eine Sonnenblume, um ihnen anschaulich zu machen, wie viele Gelbtöne diese Blume ihnen schenkte; sie war nicht nur einfach gelb. Oder eine Austernmuschel: Weniger sinnesgeschulte Kinder hätten vielleicht behauptet, die sei weiß-grau, doch Lone und Lyness sahen eine ganze Farbpalette in ihr.

Lone und Lyness holten kurz Atem, lächelten Marc an, und während die eine behauptete, dass das Fundament für ihre Malkarriere in einem Hippiehaus in Tacoma gelegt wurde, begann die andere, Marc über ihre gemeinsame Seele aufzuklären. Auch dieses Wissen hatten sie von Nelly der Hippiefrau.

Als Erwachsene hatten sie dann recherchiert und herausgefunden, dass es im Mittelalter einhellige Meinung gewesen war, dass sich eineiige Zwillinge eine Seele teilten. So sei dann auch ihr Bild „Soul divide" entstanden, das jetzt in die USA verkauft wurde.

Während dieser Aussage schauten sie Marc mit ihren weit aufgerissenen Rehaugen an, und Marc war froh, dass nun endlich das rettende Stichwort gefallen war: die Malerei. Wesentlich besser geeignet als Gespräch unter Nachbarn als das, was er bislang gezwungenermaßen über die Kindheit der Zwillinge anhören musste. Er blickte sich um und bat die Frauen, einen kleinen Rundgang machen zu dürfen, damit er sich einen Eindruck über ihre Kunst verschaffen könne.

„Oh, die Bilder, die du hier siehst, sind allesamt von Malerkollegen. Wir hängen keine von uns gemalten Bilder in unserer Wohnung auf."

„Schade", meinte Marc, „hätte mich echt interessiert, eure Bilder einmal kennenzulernen."

Lone führte ihn ans Fenster und zeigte auf ein nahes Industriegebiet. „Dort haben wir unser Atelier, wenn du magst, kannst du uns mit deinen Freunden besuchen und uns beim Arbeiten zusehen."

„Wieso mit meinen Freunden?", fragte Marc irritiert.

Lyness kam lächelnd hinzu. „Wir würden gerne eine Familie gründen, doch es gibt so viele Bedingungen, damit das bei uns klappt, da müssen wir schon viele Frösche küssen, bis wir unsere Prinzen finden."

Bei so viel Direktheit musste Marc gleichziehen.

„Tja, wie soll ich es sagen, mein Freundeskreis ist sicher an Kunst interessiert, doch planen die eher nicht, eine Familie zu gründen."

„Moment!" Lones ausgestreckter Zeigefinger tippte an Marcs Blütenhemd. „Wir wissen, dass es immer wieder schwule

Männer gibt, die bereit sind, Frauen mit Kinderwunsch zu helfen."

Marc spürte wieder die alte Panik. Er sah in die erwartungsvollen Augen dieser Frauen, fühlte sich wie angewurzelt, gleichsam wie gefangen, als hätten die beiden ihn mit Zangen festgeklemmt und in sein Innerstes geschaut. Sie wussten mehr über ihn, als er preisgegeben hatte. Doch wie konnten sie es wagen, es auszusprechen!

„Ich will über all das nicht sprechen, wir sind doch nur Nachbarn und kennen uns gar nicht", stammelte er.

Betroffen schauten sich die Schwestern an.

„Wir sind schrecklich", sagte Lone zu Lyness, „warum müssen wir auch immer mit der Türe ins Haus fallen. Nun haben wir Marc verschreckt."

Lyness schob Marc zum Tisch, holte einen duftenden Apfelkuchen aus dem Ofen und legte den ersten Katalog der Schwestern auf den Tisch.

„So, jetzt gibt es erst einmal ein Kaffeestündchen, du kannst dir in dem Katalog unsere wichtigsten Bilder anschauen und ganz viele Fragen dazu stellen."

Obwohl sich Marc noch immer im Fluchtmodus befand, widersetzte er sich nicht und begann in dem Katalog zu blättern, während die eine Schwester Kaffee kochte und die andere Sahne schlug. Voller Staunen erblickte er die großformatigen Werke, alle gemalt in altmeisterlicher Technik, Goya oder Rubens hätten ihre Freude gehabt. Beim Bild „Soul divide" verharrte er. In der Mitte des Gemäldes standen sich die beiden Schwestern nackt gegenüber; ihre

Arme umschlangen jeweils den Körper der anderen. Um ihre Körper konnte man eine fast durchsichtige Hülle erkennen, die die Menschen, die um sie herumstanden, versuchten, mit Händen so groß wie Schaufeln, zu zerstören.

Welche schlimmen Erfahrungen verarbeiteten die Frauen wohl in diesem Gemälde, fragte sich Marc. Obwohl er eben nur noch das Bedürfnis gespürt hatte, den beiden zu entkommen, gab es auch die Seite der Faszination. Er war hin- und hergerissen zwischen seiner Neugierde, etwas aus deren Welt zu erfahren, und seiner Angst, dass die beiden sich seiner irgendwie bemächtigen könnten.

Er genoss den wunderbaren Apfelkuchen, sparte nicht mit Bewunderung, was ihre Malerei anging, und traute sich zu fragen, warum sie zusammen an einem Bild arbeiteten, dass doch nur eine Handschrift zeigte.

„Wir haben uns irgendwann entschieden, großformatig in dieser Lasurtechnik zu malen. Damit sind wir erfolgreich geworden, und der Markt verlangt nach unseren Bildern. Aus diesem Grund sind wir lebenslänglich aneinander gebunden. Diese Tatsache konnten Männer, die wir bisher kennengelernt haben, kaum akzeptieren. Sie haben auch nie verstanden, dass wir uns eine Seele teilen.“

Marc schüttelte den Kopf und schaute die Schwestern fragend an. „Das hieße ja, wenn eine von euch zum Beispiel sterben würde, könnte die andere diese Bilder nicht mehr malen?“

„Genau!“ Lone nahm ihre Schwester liebevoll in den Arm.

„Unsere Bilder sind nur noch mit zwei Köpfen und vier Händen malbar. Wir arbeiten sehr vorausschauend, wir haben auch das gleiche Wissen. Der Trocknungsprozess und der Auflösungsprozess beginnen bei dieser Technik innerhalb von vierzig Minuten, deswegen kann man diese großformatigen Bilder nicht alleine malen, weil der Pinsel an der schon trockeneren Stelle stocken würde. Doch wir beide haben dieselbe Handschrift, dieselbe Handbewegung. Wir sehen, denken und fühlen dasselbe; in der Malerei wie im Leben."

Marc hörte ihnen fasziniert zu. Wenn die Schwestern über ihre Malerei sprachen, wirkten sie wie erwachsene Frauen, die sie waren, in sich ruhend und nicht wie die plappernden Teenager, die er eben noch erlebt hatte.

Lyness schenkte ihm noch einen Kaffee ein und ermunterte ihn, weitere Fragen zu stellen.

Marc holte tief Luft und antwortete: „Vielleicht ein nächstes Mal, bei all dem Input, den ich heute von euch bekommen habe, muss ich erst einmal darüber nachdenken."

Lyness räusperte sich kurz, blickte auf ihre Schwester und begann mit ihrer Erklärung: „Tja, weißt du Marc, wir denken wirklich über Samenspenden nach. Natürlich hätten wir auch gerne einen Partner, doch wenn nur eine von uns einen finden würde, könnten wir das nicht ertragen. Da wir aber noch weniger auf Kinder verzichten wollen, denken wir an die Möglichkeit, dass schwule Männer vielleicht gerne Vater würden, ohne sich gleichzeitig an eine Frau binden zu müssen. Könntest du dir das vorstellen?"

Marc stand ruckartig auf. „Ich hasse Kinder", sagte er, „und ich hasse es, in die Familienplanung anderer Menschen einbezogen zu werden, ich hasse es überhaupt, dass man mich in persönliche Gespräche hineinzieht. Ich liebe Gespräche über Kunst und Kultur; ich schreibe Gedichte, damit das Schwarze in meiner Seele nicht überhandnimmt – und überhaupt, ich gehe jetzt!" Da war es aus ihm herausgeplatzt, und auch die erschrockenen Blicke der beiden Frauen hatten ihn nicht stoppen können. Während seiner Brandrede war er rückwärts Richtung Tür gegangen, hatte eine schnelle Drehung vollzogen, die Korridortür aufgerissen und war hinausgestürmt.

Zu Hause dann saß er an seinem Laptop. Er fühlte sich erschöpft, als hätte er einen Marathonlauf absolviert. Aber er spürte noch etwas anderes, da war etwas Neues in ihm erweckt worden, etwas von dem er nicht geahnt hatte, dass es ihm fehlte. Neid ist die höchste Form der Bewunderung, dachte er.

In seinem nächsten Gedicht – das wusste er - würde er über einen Bruder schreiben, mit dem er sich eine Seele teilte.

Lesen Sie auch von der Autorin „**Was macht die Sehnsucht, wenn sie bleibt**"

12 Geschichten über ein großes Gefühl

ISBN: 9783743181410

Schreiben Sie Bruny Fritz auf **Facebook** oder an **brunyfritz@t-online.de**